TAKE
SHOBO

九十九回婚約破棄された令嬢ですが、呪われ公爵様に溺愛されることになりました!?

愛染乃唯

Illustration
みずきひわ

JN229444

MitsuNeko

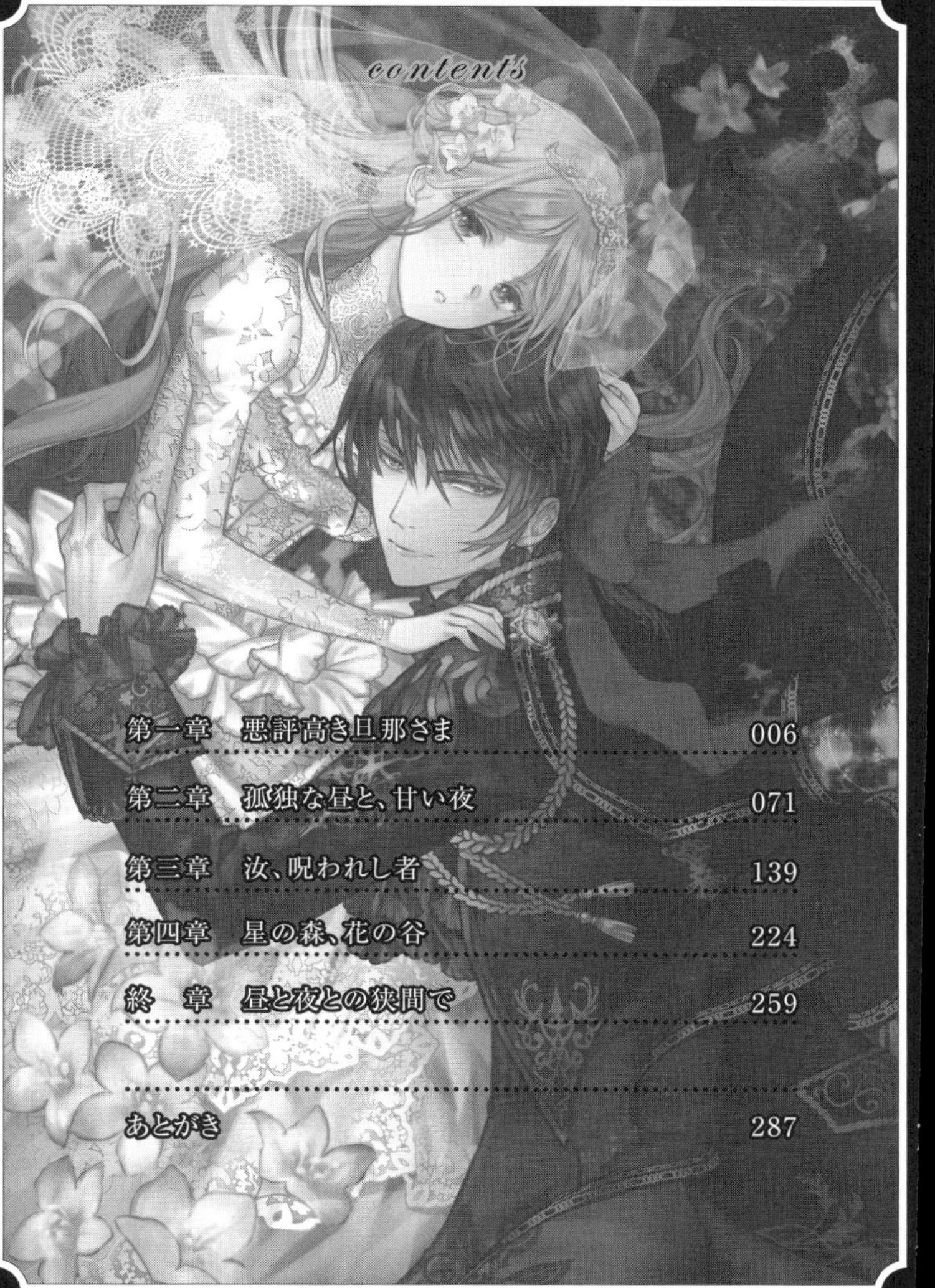

contents

第一章　悪評高き旦那さま　006

第二章　孤独な昼と、甘い夜　071

第三章　汝、呪われし者　139

第四章　星の森、花の谷　224

終　章　昼と夜との狭間で　259

あとがき　287

イラスト／みずきひわ

九十九回婚約破棄された令嬢ですが、

呪われ公爵様に溺愛されることになりました!?

第一章　悪評高き旦那さま

「ねえ、アリス。もうすこし、前向きに考えたらどうかしら？」

シェリルが柔らかに言うと、向かいに座ったメイドがこわばった顔で返す。

「何のお話でしょうか、シェリルお嬢さま」

「結婚のことよ。だって私たち、これから結婚式に行くんだもの」

ゆるく波打つストロベリーブロンドの髪を揺らし、シェリルは小首をかしげた。

がたごとと旧式の馬車が音を立て、オイルランプの明かりが辺りを照らす。

男爵令嬢シェリル・アッシュフォードは、メイドのアリスとふたりで婚礼に向かう馬車に乗っていた。馬車の内部はごてごてと装飾されているものの、座席の綿はぺしゃんこだ。

板に腰掛けているみたいな乗り心地の座席だけれど、シェリルは特に不満はない。

大昔の戦争で爵位をもらった辺境の男爵家は貧乏で、何事も節約、節約で生きてきた。

古いものも、使い心地の悪いものも慣れっこだ。

みんなの『余り物』を回されることも。

「この結婚、私はいいお話だと思うのよ。だってお相手は公爵家でしょう？　お家柄は間違いなし。お相手の年齢も問題なし。初婚だし……ちょっとうちとは不釣り合いに見えるかもしれないけど、帝国紋章院からの許可も下りている。胸を張っていいんじゃないかしら」

にこにこと言うシェリルは今年二十一歳になる。

毎日アリスが手入れしてくれるきれいなストロベリーブロンドを婚前特有の簡単な編み込みにし、クリーム色の帝国風ドレスをまとった小柄なお嬢さんだ。

顔立ちはどちらかというと垂れ目の童顔で、美人より可愛《かわい》らしい印象と言われることが多かった。緑がかった茶色の瞳は丸っこく、視線は控えめだがよく光る。

生来おっとりと何事もよいほうに取るこの令嬢を、長身眼鏡メイドのアリスは心配そうに見つめていた。

「失礼ながら、お嬢さま。完璧な公爵さまは、二十七歳にもなって独身ではおられません！　レスターさまは大変な女嫌いで、結婚式の当日に婚約破棄されたご令嬢だっていらっしゃるという話じゃないですか！」

「そうねえ、そんな噂《うわさ》ね」

シェリルがうんうんと頷《うなず》くと、アリスはきりっとした顔で眼鏡を直す。

「噂だけではございません。このアリスができるかぎり裏を取りました！」

「えっ、いつの間に⁉」

「休み返上で各地のメイドたちと連絡を取り合いました。お世話になっているシェリルさまの正念場です、休んでいる場合ではございません。不幸な結婚は一生をダメにします！」

「すごい情熱と忠誠ね……嬉《うれ》しいけれど、そもそも私、たくさん婚約破棄されているから」

「具体的には、九十九回ですね」

「そう。九十九回は滅多《めった》にないし、贅沢《ぜいたく》を言ってる場合じゃないと思うの……」

うなずきながら、シェリルは小さなため息を吐いた。

（一体何がいけないのかしら。実家にお金がないから？　肌の色が健康そうだから？　ウェストを絞るのをサボり気味だから？　髪が完璧なブロンドじゃないから？　気を抜くと鼻歌を歌ってしまうから？　色っぽいほくろがないから？　宝石より花や虫が好きだから？）

全部かもしれない、と、シェリルは思う。

貴族の娘として、皇帝陛下に挨拶に行ったのは十四歳のときだった。

早い者ならその時点でずらりと居並ぶ貴族の誰かに見初められ、婚約が成立する。

実際シェリルも声をかけられはしたのだ。

だが、その相手は数日後に『気が変わった』と言い、違約金だけを送ってきた。

（その後も、気が変わったとか、怪我《けが》をしたとか、ものすごい辺境へ赴任が決まったとか、愛人がいたのが判明したり、行方不明になったり……婚約破棄され続けているうちに、二十歳を過ぎてしまうだなんて）

最近は周囲も引き気味だ。わざわざ調べてはいないが、どうせ『婚約したら災厄が降りかかる呪われた令嬢』とでも噂になっているのではないだろうか。

シェリルはさっきよりも大きなため息を吐くと、アリスに向かって笑いかけた。

「こんな私だからこそ、悪評の高い公爵にはふさわしいんじゃない？」

どこかのんびりした主の台詞《せりふ》に、アリスは眉間に皺《しわ》を寄せる。

「いいですか、シェリルさまの悪評は婚約に関してのみです。一方のレスター・レイヴンズクロフト公爵の悪評は、金の亡者で重税を強いているとか、税を払えなくなった者たちを城に閉じ込めるとか、夜な夜な領地の子供を攫《さら》っては、内臓を原料に怪しげな薬を作っているとか、邪神の神像を売りさばいているとかですよ！」

「何度も聞いたけれど、不思議よね。本当だったらさすがに皇帝陛下が止めるのでは……」

「ですから、そこは血筋ですよ！　公爵は皇帝陛下の異母兄です。皇帝陛下もうまくご意見できないのではないでしょうか！」

「……そうねえ」

「どうかわかってください、シェリルさま……私は、社交界デビューのころからお世話してきたお嬢さまがそんな悪党のところにお嫁に行かれるのが、悔しいのです……。今からでも、ご命令があればいつでも馬車を止めます。急病になったことにして、引き返しますから！」

段々めそめそしてきたメイドを眺め、シェリルはかすかに微笑《ほほえ》んだ。

アリスは年上の頼りがいのあるお姉さんとして、心が揺れやすい時期のシェリルを支えてくれた大事なひとだ。だから、シェリルは嘘《うそ》を吐《つ》かずに本当の気持ちを話す。

「ありがとう、アリス。あなたの気持ち、とっても嬉しい。でも、公爵が悪い人かどうかは自分で会って確かめたいの。だから私は、引き返さないわ」

「シェリルさま……」

アリスの心配そうな視線から目を逸《そ》らし、シェリルは馬車の窓を見た。

外は夕暮れだ。辺境の男爵領から公爵領までは馬車で三日かかる距離。途中で宿を取りながらの長旅だったが、道中は特に波乱もなかった。

(このままなら、先方のご指示通りに夜に着ける)

――そう。この結婚には、いくつか不思議な点があった。

まず、婚約の時に肖像画をもらえなかった。おかげで当初『どんな化け物かわからない』とアリスが騒いだのだが、調べてみるとレスターは『顔だけは大変よい』という評判だった。

顔がいいなら、なぜ、肖像画をくれないのか。謎だ。

さらに、婚約のときにも顔合わせはなく、最初の顔合わせは結婚式。

しかもシェリル側の親族の出席は認められない。ついてきていいのは身の回りの世話をする者、ひとりのみ。まるで罪を犯した貴人を追放するときのような扱いだ。

さらに極めつけが、『数日の誤差は構わないが、夜に着くように』という指示である。

なぜ夜なのだ、そんなのはおかしい、やはり公爵は噂通りの悪党で、光の神の目が届かぬ夜にとんでもない悪事を重ねているのではないか――と、実家は大騒ぎになった。

そんな中で、シェリルだけは冷静だった。

(確かに変わったご指示だけれど、レスターさまは夜が好きなだけかもしれない。だって、夜って美しいもの)

シェリルは夜が好き――というか、夜も、好きなのだ。

冷えた夜空に浮かぶ満月の清冽《せいれつ》な白さやら、夜に咲いて朝には枯れる花の健気《けなげ》さやら、さらさらと流れる小川に月光の浮かぶさまやら。

シェリルはこの世のありとあらゆるところに美しさ、楽しさがあると思う。

それを教えてくれたのは、自然豊かな辺境の土地と、おっとりとした家族たち。

(それと、あの夏の思い出だわ)

あの夏を思い出すと、シェリルは今でも胸の奥がほんのり温かくなる。

もう、十年以上も前のことだろうか。

そのころのシェリルは、花嫁修業と勉強の合間を秘密の花畑で過ごすことが多かった。

城の近くの小さな谷には古いお屋敷の廃墟《はいきょ》があって、周囲はほとんど一年中、花に埋もれている。シェリルはそこで、色々な美しいものを見つけた。

花冠を編み、野いちごをつまみ、朝露を集め、ミツバチや蝶《ちょう》の観察もした。

それがシェリルにとっての至福で、最高にしあわせな時間だった。

とはいえ、そんな趣味の令嬢は珍しい。貴族出身の侍女や、年の近い親戚のお嬢さんに『そんな振る舞い、貴族のご令嬢らしくないですよ』と言われて、落ち込むこともあった。

あるとき、こっぴどい嫌みを言われたシェリルが花畑の隅でぐすぐす泣いていると、傍《かたわ》らに誰かが立った。びくりとして見上げると、深くフードをかぶった青い目の少年が自分を見下ろしていた。

――青空の色だわ。

なんて、すがすがしくて、美しい。

幼いシェリルはいつしか少年に見惚《みほ》れて、泣くことを忘れてしまっていた。

自分より大分年上らしき少年は、粗末だが清潔な衣装をまとい、静かに言った。

『あなたは、花の精なの？』

『……違います』

『ほんとうに？　辺りの花みたいにかわいくて、蜂にも蝶にもおびえてないのに？』

小首をかしげて言われ、シェリルは一度びっくりし、次にほんのりと嬉しくなった。

シェリルは花が好きだった。

この花畑が、この土地が好きだった。

かわいい、と言われたことより、花みたい、と言われたことが嬉しかった。

シェリルはぱっと笑い、スカートの周りで咲いていた花を一輪、丁寧に摘《つ》んで渡す。

『どうぞ、空色の目のひと』

『……いいの？』

青い目の少年は、フードの奥から花を見つめて、ためらっているようだった。

でも、シェリルは彼に花を渡したかった。

見ない顔のひとだったから、きっと旅行中なのだろうと思った。

だからこそ、この土地の花を渡したかった。

『はい。あなたのおうちに、連れて帰ってあげてください。花だって旅したいと思うし、あなたの目、この花畑の空と同じ色だから。きっと寂しくないはずです』

少年は驚いたようにシェリルをじっと見下ろし、やがて、花を受け取った。

花をしげしげ眺めたのち、シェリルに視線を戻して、少年は軽く目を瞠《みは》る。

『きみ、指』

『指？』

シェリルは自分の手を見下ろして、そこにほんの小さな傷がついているのに気づいた。

花のトゲに引っかけたのかもしれない。ほとんど痛みもないような傷だった。

『よくあります。こんなのなんでもありません』

シェリルはにこ、と笑ったけれど、少年は大急ぎでポケットから綺麗《きれい》なハンカチを取り出し、シェリルの手をくるんでくれた。

そうして少年はシェリルを見下ろして、

『──じっとしていて。俺のために』

と、囁《ささや》いたのだった。

囁きは不思議と甘くシェリルの胸に響いたのを、今でも覚えている。

(素敵な夏だったわ。ハンカチを返すのを口実にして、廃墟の仮住まいまで訊《たず》ねていって。結局、何度も会うようになって。あの夏の間中、あの方と花畑でいろんな発見をして。あの方は夜目が利いて、夜の散歩も楽しかった)

あの少年は多分どこかのお金持ちで、お忍びで避暑をしに来たのだろう。

秋の気配が近づいてくるころには、消えてしまった。

シェリルに残されたのは素敵な思い出と、あの瞳の色の記憶と、些細《ささい》なことのすべてを愛する術《すべ》──つまりは、どんなものにも必ず、美しさや楽しさは潜んでいるという気付き。

悪名高い公爵だって同じなんじゃないか、とシェリルは思う。

「私は貧乏令嬢だから、公爵さまなんてご挨拶くらいしかしたことがない。だからこそ、レスターさまがどんな方でも、美しさ、楽しさを見つけられるんじゃないかと思うの」

「でも、悪事は悪事ですよ⁉」

「そうね。悪事については、のちのち考えないと。でも私、結婚はするわ」

おっとりと、それでも、しっかりとシェリルは言い切り、手を握り合わせた。シェリルの婚礼のために男爵家が新しく用意できたのは、この手にはめた美しいレースの手袋ひとつだけ。他はみんな、公爵家からの贈り物だった。

「そうするしか、アッシュフォード男爵家の財政を救う手立てはありません」

「…………」

財政の話をされると、使用人であるアリスは黙るしかない。

シェリルの父であるアッシュフォード男爵は猛烈にひとがいい。ひとがよすぎて税金の取り立ては下手くそだし、詐欺師の話に乗って借金まで作ってしまった。

（持参金をろくに用意できない当家だもの。本当は、もっと大変な結婚をするはずだった。爵位だけが欲しいような方や、後妻や、側室や――）

それに比べたら、レスター公爵との結婚は夢のようだ、とシェリルは思う。

シェリルはレースの手袋から視線を上げ、微笑んで言う。

「私に大した取り柄はないけれど、何かを愛するのは得意。公爵だって、きっと愛せる」

「……っ。シェリルさま……」

「あら、アリス、泣いてるの？　どうしたの、いつも強気で格好《かっこ》いいアリスなのに！」

「だって、だって、シェリルさまがあまりにも健気で、おかわいそうで……！」

「ばかね、全然かわいそうじゃないわよ。私は大丈夫。ね？」

シェリルは身を乗り出し、向かいの席で泣き崩れるアリスの頭を抱きかかえた。

六歳も年上のメイドの頭をよしよしと撫《な》でながら、シェリルは窓の外を見る。

「ほら、見て！　そろそろ公爵のお屋敷よ。きっと素敵なところに違いないわ」

なるべく明るく言い、窓に顔を近づけた。

そんな窓のすぐ外を、大口を開けた化け物の顔がかすめる。

「ひっ……！」

「ど、どうしました、シェリルさま！　ひぇっ！」

顔を上げたアリスも、窓の外に化け物の顔を見た。化け物の顔は無数にあって、次々迫っては後方に流れていく。

シェリルとアリスはひし、と抱き合って、縮こまりながらお互いの顔を見た。

「や、やっぱり帰り、ま、しょう、お嬢さま……！」

「う、うう、で、でもね、たぶん、もう……」

手遅れだと思うの。

そうシェリルが言う前に、花嫁の到着を知らせる鐘が、がらんごろんと鳴り響いた。

† † †

「シェリルお嬢さま。やっぱり、今からでも逃げたほうがいいのでは……」

「逃げるだなんて……道中で見た化け物だって、石像だったじゃない？」

「石像でした。ええ、石像でしたとも。目の前にも、たくさんあります……！」

アリスが青い顔で言い、シェリルも少し遠い目で目の前の景色を見つめる。

酷《ひど》く薄暗く、長い長い廊下。

左右には、ずらりと石で出来た化け物の像が並んでいる。巨大な口を開き、びっしり生えた牙を見せつけながら長い舌をはみ出させている、獅子《しし》と蛇が合体したような化け物たち。

見るだけでぞっとするような像に、廊下に備え付けられた燭台《しょくだい》の光が落ちる。

ゆらり、ゆらりと揺れる炎のせいで、化け物像はたまに身じろいでいるように思えた。

「シェリルさま……このお屋敷、明らかに素敵なところじゃないですよね……？」

「うう……」

たしかに、到着してから今まで、シェリルの目に映るすべては陰気で異様なものばかりだ。

角張っていて壁の厚い、広大なお屋敷。

内にも外にも例の化け物の像が並び、その他の装飾品も、古く、重々しく、黒っぽいか、内臓を思わせるみたいなぬめっとした赤色ばかりが選ばれている。

庭を照らす明かりは古びた松明《たいまつ》で、おどろおどろしい火影で彩られた使用人たちはみな目元を隠すような仮面を付けたり、短いヴェールを顔の前に垂らしたり。

（あれはちょっと、幽鬼が並んでいるみたい、と、思ってしまった）

いいところ探しがしたくても、怖いという気持ちは止められない。

花嫁衣装を身につけたシェリルの腕を、アリスが、がし、とつかむ。

「やっぱり逃げましょう、シェリルさま！　お屋敷がおそろしいのもそうですし、お客さまも立会人も誰もいない真夜中の結婚式だなんておかしすぎます！」

「待って、アリス。これだって何か、理由が――」

そこまで言ったところで、廊下の奥から澄んだ音が響いた。

りーん……りーん……という、小さな鐘を鳴らすような音。

シェリルとアリスは、ひっ、と息を呑《の》んでお互いを抱きしめた。

そうしているうちに、廊下の奥にぼうっと明かりがともり、段々こちらへ近づいてくる。

「あ、闇鬼《あんき》……！」

「ち、違うわ、アリス。あれは……」

アリスを勇気づけるシェリルの前、十歩ほど離れたところで、明かりは立ち止まる。

正確に言えば、明かりを手にした少年だった。

「お待たせいたしました、花嫁。結婚式会場へご案内いたします」

そう言って一礼した彼は、他の使用人たち同様、顔の上半分を隠す仮面をつけている。年の頃なら十四歳くらいだろうか。銀髪のおかっぱはつややかで、仮面の奥の瞳はすみれ色。銀色の光沢をもつ紫のお仕着せは、見るからに高級そうだ。

（きっと、公爵さまの身の回りのお世話をする子ね）

少年の張りのある声に少しほっとして、シェリルは衣装のスカートをつかむ。

ついに時は来てしまった。

進むしかない。この、暗い廊下の先へ。

「……よろしく、お願いいたします」

「シェリルさま……！」

「アリスもついてきてね。あなたが私側の唯一のお客さまなのだもの」

意を決した顔で微笑みかけると、アリスもそれ以上逃亡を勧めはしなかった。

ただただ深く頭を下げて、シェリルの三歩後ろへ下がる。

「では行きましょう。公爵はお待ちかねです」

銀髪の少年はにこりと笑い、ヒールのある美しい靴で先に立って歩き出す。

シェリルは長いヴェールをアリスに持ってもらい、少年についていった。

「――広いお屋敷ですね」

そうっと聞いてみると、少年が微笑んで横顔を見せる。

「先代皇帝陛下の秘密の離宮を元にしておりますから」

「離宮を！　そうだったんですね。では、この装飾は先代皇帝陛下のご趣味？」

「ええ、まあ。先代皇帝陛下は、晩年おかしくなったんですよ」

「おかしく……？」

怪訝《けげん》に思って見つめると、少年は軽やかに笑った。

「あはは！　初耳でしょう？　こんな話、表になんか出せませんから！」

少年の声が高い天井にわんわんと響き、シェリルはびくりとして辺りを見渡した。

ちょうど長い廊下が終わり、天井の高い円形ホールにたどり着いたところだ。

ホールはやっぱり薄暗く、ところどころで真っ黒い蠟燭《ろうそく》が燃えている。中央にでん、と据えられた異形の女神像みたいな彫刻を避けながら、少年は続けた。

「先代皇帝陛下は在位中から呪われていて、限界が来て引退なされた。晩年は、『あいつが来る！』と叫んで、この迷宮のような離宮にこもられました。化け物のような石像は呪いに対する防御なんですって」

「それは……大変な晩年だったのですね」

全然知らなかった、と思い、シェリルはつぶやく。

帝国が建国されてから八百年。光明神《こうみょう》と常闇神《とこやみ》の相克からなる神話は遠いものになり、常闇神の生む呪いもまた、馴染《なじ》みのない話になった。

しかし、この屋敷では、まだ生々しい話なのだろう。

もっとも呪いだと信じていたのは本人だけで、実際には権力者にありがちな疑心暗鬼で心を病んだという話なのかもしれないが。

（この館、もう少し明るくしたらどうかしら。このまま住んでいたら、公爵さまもお心を病んでしまわれるかも……）

「ちなみに、レスター公爵はこの館を気に入っています」

「えっ」

心を読まれたような気がして、シェリルは顔を上げる。

少年はまた新たな廊下に入りこみながら、笑い含みで言った。

「自分にはふさわしいとおっしゃっておられますよ。なにせあの方は、悪評高き『常闇の公爵』ですからね」

「で、でも、その悪評は――」

「着きましたよ、シェリルさま」

シェリルが反論する前に、少年は廊下の突き当たりで立ち止まる。

そこには両開きの大きな扉があった。黒々とした扉に化け物たちが彫りつけられ、瞳には血のように赤い宝石がいくつもはまっている。

「こ、ここが、本当に、結婚式をする礼拝堂なんですか……？」

アリスがシェリルの背後で唾を呑みこみ、か細い声を出した。

少年はにやりと笑い、扉を押し開ける。

「結婚式は礼拝堂でやるものだなんて、誰が言いました？」

きしむ音と共に、シェリルとアリスの目の前に広がったもの。

それは、夜の底みたいに暗い大ホールだった。

だだっ広い空間には無数の燭台が設置され、野生の獣の目みたいな赤い明かりが闇の中にばらまかれている。

「ひっ……！」

アリスは悲鳴をあげたが、シェリルはゆっくりと瞬《まばた》きをした。

（これは、礼拝堂ではないわね……夜の、草原みたい）

一歩、二歩、大ホールに踏み入る。

面白そうな目で少年が見つめてくるが、気にせずホール中央へと進んだ。

ゆらり、ゆらり、揺らめく明かりが、化け物がとぐろを巻いた形の柱を照らす。

壁際にずらりと並んだ柱の間には、鏡が仕込まれているのだろう。

部屋中にともった明かりが壁の向こうまで続いているように見え、まるで赤い花咲く草原にでも放り出されたかのようだ。

（私が、いる）

鏡には、花嫁衣装のシェリルも映し出される。

少し子供っぽい顔は化粧で大人び、瞳は少し不安そうに見開かれた姿。

　華やかにゆわれたストロベリーブロンドの上には男爵家の華奢《きゃしゃ》な宝冠が乗り、淡い光でも、きら、きらと光をばらまき、そこから繊細なショールが朝霧のように零《こぼ》れていた。

　衣装はデコルテから裾まですべてを花の形のレースで覆われたもので、まさに朝霧に揺れる白い花畑といった印象だ。公爵から贈られた、何もかも完璧な衣装。

　嫁ぐとならなければ、一生袖を通すことはなかったであろう、上等なドレス。

（――なのに私、こんなにも、不安そうな顔）

「婚姻のときでございます」

　不意に、少年が声を張り上げた。

　シェリルははっとして顔を上げる。

　りーん、りりーん、がらんごろん、がらんがらん……という鐘の音が、四方八方から響いてくる。音は高い天井で反響して、わんわんという不吉な余韻をまとった。

　シェリルと、その後ろに控えたアリスは、青くなって辺りを見渡す。

（この音は、どこから？　それに、レスターさまは、どこ）

　ちらと振り返ってみても、自分が入って来た扉は閉ざされたままだ。

　がらんがらんごろんごろん、りりーん、りーん、りり……。

　音は響き続け、あるとき、不意に止まる。

　そして、艶《つや》のある低音が響き渡った。

「婚姻とは、契約である」

（あ……）

シェリルは、ヴェールをなびかせて振り返る。

ホールは相変わらず蠟燭だけで照らされていて薄暗い。

一番奥には大きな黒い椅子が据えられていて、その横に人影があった。

周囲の闇よりも暗い、長身の人影。さっきまではなかった姿だった。

闇に浮かぶのは、漆黒の髪をひとつに結んだ白い顔、地模様のある黒い上着には銀糸で縁取《ふちど》りがされ、たっぷり折り返した袖と襟にはこれまた華麗な刺繍《ししゅう》が施されている。

よく磨かれた長靴が、冷たい音を立てて床を踏んだ。

「――そして契約とは、首輪をつけて繋《つな》ぐこと」

かつん、かつんという音に、男の美声が絡む。

シェリルが動けないでいるうちに、ふたりの距離は徐々に縮まる。

男の切れ長の目に光が入って、ぎらり、金属めいた反射光が見えた。

「少なくとも、俺にとっては」

小首をかしげてつぶやく男の瞳もまた、漆黒だった。

シェリルはその目を見つめる。

いくら見つめても、奥が見えない目だ。

なのに、それなのに……なんて美しいひとなのだろう。

長身の男は男の盛りの一歩手前、まだほんの少しだけ少年の面影を抱えて逞《たくま》しく、凛々《りり》しくそこに立っていた。彫刻のようにくっきりと刻まれた目鼻と薄情そうな薄い唇。顔の造作はいささか険しさを感じさせるものだが、重いまぶたに宿る憂いだけがほのかに甘い。

険しく、男らしく、甘く。ひとめで震え上がるほどに、美しい。

それが、レスター公爵であった。

「繋がれに来た哀れな小鹿。自ら虜囚の身を選ぶとは、愚かだな」

低い美声は闇の底を這《は》うように響き、どこか残酷な言葉を選ぶ。

レスターはシェリルからまだ大分離れたところで立ち止まり、緩やかに目を伏せて続けた。

「愚か者でも、足が動くなら逃げ出すことくらいはできる。どうだ？　逃げてみるか？　全力で逃げるなら、俺も――」

そこまで聞いて、シェリルは動いた。

スカートをひっつかんで、駆けだしたのだ。レスターのほうへ。

走る。走る。そして、大分高い場所にある彼の首に、力一杯抱きつく！

「…………！」

レスターが、ぎょっとしてシェリルの腰を抱いた。

シェリルは気にせず彼の顔を見つめ、

「空色の！」

と、叫んだ。

レスターの切れ長の目が、見開かれる。

真っ黒な目に、シェリルの泣きそうな笑顔が映っている。

「しぇ、シェリルさま⁉」

背後から、アリスの戸惑った声が聞こえた。

だが、シェリルはレスターを離さない。

脱げかけたヒールをひっかけ、つま先立ちのまま、レスターの胸元に額を擦り付ける。

華麗な彼の服からポプリみたいな素朴な香りがして、シェリルはますます笑顔になった。

「会いたかった……会いたかったです、どうしていたのですか？　お元気でしたか？　私の花は？　私の差し上げた花は、あなたのおうちでお空を見ましたか？」

矢継ぎ早に言葉を重ねるうちに、どんどん胸がいっぱいになってきた。

間違いなかった。このひとだった。

声は低くなり、背も高くなった。たおやかだった体と顔は、すっかり男のものになった。

それでも、静かで投げ出すようなしゃべり方が、冷えた炎みたいな視線が、涼やかな目元に引っかかった憂いが、小首をかしげる所作の幼さが、シェリルに確信をくれる。

あのひとだ。あの夏を一緒に過ごしたひとだ。

故郷の花畑でハンカチを巻いてくれたひとだ。

「……信じられない」

レスターが、どこか戸惑いをにじませてつぶやく。

ますます確信を深めて、シェリルは告げた。

「私だって！　まさか、あなたが、空色の瞳のひとが、公爵閣下だったなんて！」

空色の、という言葉を聞くと、ふ、と、レスターが笑った。

「小鹿。君は夜目が利かないのか？　俺は空色の瞳じゃない」

「あれ？　確かに、そうかも」

言われて初めて、相手が黒い目をしているのに気づく。

(不思議。育つと目の色が変わるなんてこと、あるのかしら)

ふつうなら、ない。ないはずだが、シェリルはそれをさらっと棚に上げた。

揺らがない気持ちがあったから。

「でも、あなたは空色の瞳のひとです。ひと夏、私と花畑で過ごしてくれた」

当然のように言ってじっと目を見上げていると、レスターはわずかに目を細める。

「……そんなこと、知らないと言ったら？」

「思い出していただけるまで、思い出話をいたします！」

即答だった。

シェリルは、あの夏のことならなんでも覚えている。

あの日の空の色、あの日の空を背に負って立っていた少年のこと、彼と一緒に行った場所、彼の言葉の発音、何より、彼が自分を見下ろしていた視線のことを。

だから、何度忘れられても大丈夫だ。

「でも、きっと要りませんよね？　覚えてる、って目をしていらっしゃいますもの」

きっぱりと言い切ると、レスターは一度目を閉じた。

「…………まいったな」

かすかな痛みに耐えるように、白い額に浅い皺《しわ》が寄る。

（どうしたの？　お辛いのかしら）

シェリルがじっと見上げていると、やがて、その皺は幻《まぼろし》のようにほどけていった。

そうして彼は目を開ける。さっきとはまったく違う、柔《やわ》い光を宿した黒い目がシェリルの姿を映しこむ。目を大きく瞠り、頬《ほお》を赤らめてレスターを見上げるシェリルを。

「やっと会えたね、シェリル」

心が、弾《はじ》ける。

きれいに化粧したシェリルの顔が、くしゃりとゆがむ。

「空色の――レスター公爵さま。お会いしたかったです……！」

シェリルは改めてレスターの首根っこにかじりつき、レスターはシェリルの腰を抱いてくるりと一回転した。ショールが薄闇に流れ、シェリルは笑い声を上げる。

そんな彼女を、たまらない、というように見つめて、レスターはからかう声を出す。

「本当か？　たったひと夏の思い出なのに？」

「たったひと夏の思い出だから、夏が来るたびに思い出しておりました！」

一回転したあと、シェリルはレスターの腕に座るような格好になった。それでも全然危うい感じがない。シェリルは彼の肩にそっと手を置き、レスターの顔をのぞきこむ。

「あの、あの、お話ししたいことがたくさんあります。ふたりで歩いた場所、今、どうなっているかとか、廃墟で見つけた美しいもののこと、私ができるようになったこと、あと、レスターさまにお聞きしたいこともたくさんあります！」

「落ち着いて。その、かわいい舌を噛《か》まないように」

「舌くらい噛んでもかまいません、きっと今なら痛くもないです！　それくらい、私、嬉しいんです……！」

シェリルは言い、目の奥が熱くなるのを感じた。

自分の人生にこんなことがあるだなんて、思いもしなかった。

どんな結婚でもいいところを見つけられると思ったけれど、まさか、ずっと心の片隅に住んでいたひとと一緒になれるだなんて。

貴族の令嬢らしくないと言われて落ち込んでいたシェリルを、救ってくれたひと。彼がいなければシェリルは周囲の目におびえて、貴族の令嬢らしさを第一に生きてきたかも。

そう思うと、やっぱりこの再会は僥倖《ぎょうこう》なのだった。

(神さま、ありがとうございます。心から感謝をいたします……!)

目の奥の熱さが体中に広がって、最後に心臓に沁《し》みてくる。

シェリルはレスターの肩に手を置いたまま、薄いまぶたを閉じて、しばし祈った。

ほどなく、こつん、と額に額が触れた感触があり、シェリルは驚いて目を開けようとした。

が、それより先に、レスターの低い囁きが落ちてくる。

「――本当に、逃げないでいいんだな?」

どくん、と、心臓が鳴る。

なぜだろう。

彼の声に、甘さ、のようなものが混じったからかも。

どくん、どくんと心臓は鳴り続ける。それでも、シェリルの返事は決まっている。

「逃げるわけがありません。私は、あなたのものです」

額を触れあわせたまま、声を潜めて囁きかける。

かすかなため息みたいなものが、彼から零れる。

どうしてため息を?　と一瞬思ったものの、すぐに彼は甘やかな声を出した。

「では、閉じ込めてしまおう。俺の籠の中に」

† † †

「あ、あの、レスターさま」

「どうした、花嫁」

「私、歩けます」

シェリルが控えめに主張すると、レスターは喉の奥で笑った。

蠟燭だけがともった大広間から出たふたりは、螺旋《らせん》階段を上っている。

正確には階段を上っているのはレスターだけで、シェリルは彼に抱えられたままだ。

(いくらなんでも、疲れてしまうのでは)

シェリルは心配になってしまうのだが、レスターの歩調は安定していた。

ぐるぐる、ぐるぐる、螺旋階段は上へ続く。

レスターはシェリルのヴェールを引きずりながら、どこか歌うように言う。

「籠に入った小鳥は、もう歩く必要もないのだ。そうだろう?」

「それはどうでしょう? 飛べない小鳥は、かえってたくさん歩くのかも」

「ふふ。面白いな、なるほど?」

小さいけれど、本当に面白そうな笑いが落ちてくる。

笑いはシェリルの心臓に落っこちて、その位置をむずむずさせた。

あの夏から、一体何年経《た》ったのだろう。あの頃の自分をおもしろがってくれた彼は、今もシェリルの言葉で笑ってくれる。

胸が温かくて、頬がゆるむ。

「ですからもう、下ろしてください。レスターさまが疲れてしまう」

レスターの首にすがりついて言うと、彼はまだ笑い含みの声で言う。

「これくらいでは疲れない。俺は闇に棲《す》む者だ、深い夜が力をくれる」

(夜が、力を?)

「それは、夜がお好き、ということですか?」

不思議に思って聞くと、ふとレスターの声が冷える。

「性《しょう》に合うだけだ。好きではない」

急に優しさを失した声に、シェリルの体はびくりと震えた。

まるで喉元にカミソリを当てられたような、乾いた冷えのある声だった。

けれど次に口を開いたときには、その冷えは跡形もない。

「だが、君が居る夜なら悪くない。俺の夜の片隅に住んでくれるか、小鳥」

螺旋階段を上りながらシェリルの体を抱き直し、耳元に囁きかける。

甘やかな囁きにシェリルは小さく震え、小声で答えた。

「私はもう籠の中なのでしょう？　あなたが籠を置いたところで歌います。——でも」

「でも？」

「ひとつだけ。その小鳥には名前があります」

小鳥も、小鹿も、花の精も。

レスターがシェリルを呼ぶ名は、どれもこれも美しいし、嬉しいけれど。

（私を籠に入れてくださる主《あるじ》さまには、名前で呼ばれたい）

そんな思いでいると、シェリルはすとんと床に下ろされた。

気づけば螺旋階段は終わっており、シェリルとレスターは踊り場で向き合っている。

壁には美しいステンドグラスをはめこんだ窓があり、月光が踊り場まで降り注いでいた。

月光がレスターの瞳に光を生む。

金属的で、冷たくて——でも。

（今、ちらりと、青く見えた？）

シェリルは一生懸命目を見開くが、青っぽい光はすぐに消えてしまった。

レスターはまつげを伏せてシェリルを見下ろし、告げる。

「シェリル、俺と夜を分け合う覚悟は？」

こんなにも密《ひそ》やかな囁きなのに、不思議と響く声だった。

まっすぐに心臓まで届いてくる、声。

シェリルの心臓は、最初から嫌がってはいない。この声を聞くのが好きだ。この声で呼んでもらえる自分の名前が、好きだ。だからきっと、この結婚は間違いなんかじゃない。

シェリルはレスターの目を見つめ返す。

「覚悟なんていりません。もう、一緒におります、レスターさま」

両手を祈るように組み合わせ、シェリルは頬を赤らめて笑った。

レスターはじっとそれを見つめ、口の中でつぶやく。

「君というひとは」

黒い瞳が細められていく。

彼の目をもっと見ていたくて、シェリルの顎が自然と上向く。

その顎にレスターの指が触れ、顔が近づく。細められたレスターの目が、ぱたりと閉じられたとき、唇にやわらかな感覚が生まれた。温かくて乾いた、ここちよいもの。

レスターの唇だ、と気づいたのは、数秒経ってからであった。

（くちづけ）

自覚してから、慌てて目を閉じる。

かあっと顔が熱くなる。

今、自分は、レスターと、ついさっき夫になったひとと、幼い頃にあったひとと、唇を重ねたのだ。

彼の唇はすぐに一度離れ、もう一度重なる。

相変わらず温かなそれを、丁寧に、優しく押しつけられる。

短い口づけが、何度も、何度も降ってくる。

繰り返すたびに口づけの感触は鮮明になり、柔らかさの奥に甘さがにじみ始める。

(なんで？　唇を重ねてるだけなのに、どうして、甘いの？)

頭の芯まで甘さがなじんだころ、彼の顔が離れていく気配があった。

(おしまい……？)

シェリルが少し寂しい気持ちで瞼《まぶた》を開けると、レスターは華麗な鉄飾りのついた木製の扉に手をかけている。

「では、鳥籠の中へ案内しよう」

きい、と軽い音を立てて扉が開き、シェリルは室内をのぞきこんだ。

「……！」

シェリルは操られるように、数歩部屋の中へと入っていく。

ふわりと鼻先に懐かしい故郷の花の香りが漂《ただよ》い、思わず胸いっぱい吸いこんでしまう。

(なんて、きれいな部屋なの)

第一印象は、花畑だった。

床に敷き詰められたのは花畑を折り込んだ上等な絨毯《じゅうたん》で、踏むと心地よく足を受け止める。

部屋の中央には丸テーブル、壁側にはソファと飾り棚、反対側には書き物机や鏡台などが配されており、それらすべては白色で、金色の花がからまったような細工が施されていた。

窓辺の一角には大きな寝台が鎮座する。

これまた白に金色の花がからまった意匠で、朝霧のような、薄紅から紫へ移り変わるように染め抜かれた天蓋《てんがい》がかかっていた。

「すてき……！　まるで明け方の花畑みたい！」

家具のひとつひとつ、さらにそこに収められた小物ひとつひとつが、念入りに選び抜かれたものなのがよくわかる。

書き物机の引き出しを開ければ華麗な羽ペンセットと色とりどりのインクが並び、鏡台には真珠をあしらった櫛《くし》や、小鳥や子ウサギの形をしたガラスの香水瓶もある。

（すごい……生まれて初めて見るようなものばかり……！）

ひとつひとつにびっくりしてしまい、シェリルは段々引き出しを開けるのが怖くなってきてしまった。残りは明日、と引き出しを閉めていると、レスターの声がする。

「君のために用意した部屋だ。好きに使うといい。下界に行くのは少々不便だが」

「かまいません！　これだけ高いところなら朝の景色が楽しみですし！」

答えながら振り向くと、レスターはまだ扉のところに立っていた。

「お気に召したのなら何よりだ。なにせ俺は夜に引きこもる日々だから、花嫁に似合うような

「なにもかもがすてきです、本当です……！　もっとたくさんの言葉で褒めたいのに、出てこないのが悔しいくらい」

シェリルがもどかしく思っていると、レスターはかすかに笑みを含んで身を翻《ひるがえ》す。

「ならばよかった。すぐにメイドをこさせるから、今夜はゆっくりお休み。この館《やかた》のことは、明日になったら俺の従卒がなんでも質問に答える。いただろう、銀髪の……」

「え？　明日？」

びっくりして言うと、レスターは足を止めて振り返った。

「なんだ？　明日では忙しすぎるか？」

「いえ！　まさか！　そうではなくて」

シェリルは何度か口をぱくぱくさせたのち、思い切って言う。

「……今夜は、一緒に、寝ないのですか？」

「…………」

レスターは黙ってシェリルを見つめてくる。

シェリルはきゅっと婚礼衣装のスカートを握りしめ、頬を赤く染めたがら立ち尽くす。

（わ、私、おかしなことを言ってる？）

多分言ってない、はずだった。

婚礼のあとにどういうことがあるのか、貴族の子女として教育は受けている。

むしろ婚礼の後にそういうことがないのは、何らかの問題がある場合だとも聞く。

たとえば、どちらかの体調不良であるとか。

夫となるひとが妻に不満がある、とか。

そもそも夫に愛人がいて、妻に触れる気がない、とか。

「あ、あの、もしも私に何かご不満があったのでしたら、改めます、し」

さっきまでの幸せな気持ちから急転直下、不安が胸にじわじわと沁みてくる。

何か、いけないことをしただろうか。

うかつなことを言っただろうか。

(……何もかもうかつだったような気も、する……)

レスターが旧知のひとだと知った途端に浮かれてしまって、貴族の子女らしい振る舞いはできていなかったかも。

シェリルはすがるような目でレスターを見つめる。

「お願いです、レスターさま。どうか、チャンスをください」

懸命に言うと、レスターの眉間の皺が深くなる。

彼は一度目を閉じて、眉間を揉《も》みながら長いため息を吐いた。

(やっぱり、失望されている……?)

はらはらして見つめていると、やがてレスターは扉を閉めてシェリルの前に戻ってきた。

そうして彼女を見下ろし、静かに切り出す。

「まず、ひとつ言っておく」

「はい……！」

「俺は君には、なんの不満もない」

「……！　ありがとうございます、レスターさま。あの、でしたら、なぜ……？」

「君がどんなことを言われてここに来たのかは知らないが、ここの法はこの俺だ。ここでは、夫婦だからと言って、必ずしも床を共にする必要はない」

「え。でも、それでは……」

続けようとして、シェリルは少しためらった。

察したレスターの唇がかすかに笑い、声を重くする。

「それでは、子がなせない、か？　俺は、俺の血を継いだ子など、ぞっとする」

「………！」

（そん、な）

想像もしなかった答えに、シェリルは一瞬頭が真っ白になるのを感じた。

この帝国においては、貴族であろうと庶民であろうと、男女が結婚するのは第一に子孫を残すためだ。貴族は爵位を受け渡し、支配層であり続けるために。庶民は自分の技術を継承し、それぞれの職種での食い扶持《くぶち》を守るために。

それを望まれないなんて、一体どうしたらいいんだろう。

レスターは、すっかり固まってしまったシェリルを見下ろしてしばし黙りこむ。

「だが……そうだな」

シェリルは不安な瞳でレスターを見上げる。その頬に、レスターの指先が触れた。唇と同じ、乾いて、温かな指先だった。指はシェリルの輪郭を慈しむようにすべっていく。

「君の子だと思えば、欲しい、かもしれない」

レスターは囁き、もう一度、唇が重なった。

さっきと同じ――いや、さっきよりも、もっと甘い唇。

（よかった……！）

張り詰めていた緊張の糸がぷつんと切れて、シェリルは思わず彼の胸にすがってしまう。

レスターの大きな手がシェリルの頬を撫で、首筋に落ちていく。

羽根が触れるかのような淡い感触がくすぐったくて、シェリルはびくりと震えた。

それでも口づけをやめたくない。自分から顔を傾けて、もっと唇全体でレスターに触れようとする。するとレスターがわずかに唇を開き、シェリルの下唇を淡く噛んでくる。

「ん……」

優しく歯を当てられるだけの、もどかしい刺激。

この、硬い感触の先に、何かあるような気がする。

唇だけの口づけよりも、はっきりとした心地よさが。

（レスターさま）

求める気持ちが、シェリルの唇を薄く開かせた。

レスターはそれに気づいたのだろう。

わずかにためらい、唇を離して聞く。

「本当に、後悔しないか？」

「な、にを、後悔すればいいのでしょう……？」

唇が離れてしまったのを残念に思いながら、シェリルはぼんやりと問い返す。

この結婚に後悔するようなところなどあっただろうか？

せいぜいが、夜に始まったことと、お客を呼べなかったことと、儀式がなかったことくらいではないだろうか。

ひとによっては大事だが、シェリルにとっては大した問題とは思えない。

口づけの余韻で蕩《とろ》けた頭で考えていると、レスターは続ける。

「俺は邪悪な人間だから、きっと君に邪悪を働く」

重々しい声はどこか他人事のようでもあり、決定事項を告げる予言者のようでもある。

シェリルは不思議に思ってそれを聞いた。

「わかりません……」

「何がだ？」

「なぜ、そんなことをおっしゃるか、わかりません。もちろん、レスター様のおっしゃることは大事に受け止めたいと思っています。でも私はまだ、あなたの邪悪を噂でしか知りません」

考え考え、シェリルは言う。貴族の社会は噂、噂、噂の世界だ。

舞踏会、晩餐会《ばんさんかい》、祝賀会、お茶会。社交の場で場の支配者に嫌われれば、あっという間に根も葉もない悪評が広がる。噂は自力で精査するか、いったん保留して考えるべきもの。

レスターはそんなシェリルを見下ろし、自分の胸元を指で押さえて見せる。

「噂だけではない。俺が言っている。俺は邪悪な人間だ、と」

（確かに、噂よりはレスターさまのお言葉のほうが信頼できるけれど）

シェリルは戸惑いながら、じっとレスターの目をのぞきこむ。

「ことば、というのは、簡単に嘘を吐《つ》きます」

「……俺のことを嘘吐きだと言っているのか？」

レスターは少し面白そうに聞いてきた。

シェリルは慌てて首を横に振る。

「いいえ、まさか！　そうではなくて、たとえご本人だろうとも、本心を言葉にするのは難しい、と申し上げたいのです」

「なるほど。君は哲学者だな」

「そんな難しいものではなくて、私は言葉より、瞳のほうを信用するだけです」

シェリルは言い彼の男らしく骨張った頬に白い指先を当て、視線を合わせる。

「あなたは、たぶん――繊細で、芯が強くて、優しい方」

口にしたのは、レスターの瞳を見ていて感じたもののすべてだ。

色はすべてを隠匿《いんとく》する黒だけれど、そこに浮かぶ感情は少しも邪悪なんかじゃない。

繊細さを根底の強さが支える、強くて優しい形だ。

「――君という、ひとは」

レスターが囁き、不意にシェリルを抱きしめる。

「……！」

再び抱き上げられて、寝台の上へと運ばれた。

とさり、となめらかな敷布に下ろされると、あの、花の匂いが強くなる。

「レスターさま。花の香りが、します」

「だろうな」

レスターは自分も寝台に乗り上げ、愛《いと》しげにシェリルの前髪を整えながら言う。

「花の精は、花の香りで安堵《あんど》すると思って、ポプリを用意したのだ」

「私のため……？」

「他の誰のためだと思った？」

囁きが少し重くなり、かぷりと口を覆い尽くすような口づけをされる。

さっきまでの触れるだけの口づけとは違い、最初から熱い舌が押し入ってきた。そんなところに入られるのなんか初めてで、とっさに体が逃げかける。

（だめ。逃げないで）

息を詰め、懸命に自分に言い聞かせた。

レスターに何があったのかは知らないが、今の彼は自分を邪悪だと言い、この薄暗い館を自分に似合っていると言う。どこかでシェリルが自分におびえることを予想している。

（でも、私はおびえないわ。この方を信じるの）

それが、今の自分にできることだ。

無垢《むく》な唇を開き、男の蹂躙《じゅうりん》にじっと耐える。

ぬめる舌が口中を丁寧に舐《な》めさすっていくと、びくんびくんと体が震えた。

こんなところが？　と思うようなところがこそばゆく、頭がぽうっと熱くなる。

飴《あめ》のように歯列をしゃぶられ、口蓋をくすぐられると、ぞわりと快感が広がった。

「んっ……」

反射的にレスターの首にしがみつく。

（きもち、いい、けれど、いつ、息をしたら……？）

舌に翻弄されて、零れそうな唾液を必死に呑みこむ。呼吸の機会がなくて、シェリルは口づけの合間にはふはふと浅い呼吸を繰り返した。

それに気づいたレスターが、ようやく唇を離して囁く。

「苦しい？」

「あ……いえ、こ、こち、よい、のですが……息、が」

瞳を蕩けさせて呼吸を乱していると、レスターはシェリルの婚礼衣装に視線を落とした。

まだきちんと着込まれたドレスは、彼女の整った体型をさらに際立たせるため、胸と腰を強く締め付ける造りだ。レスターは、シェリルの酸欠の理由をそこに見たようだ。

「君の鎧《よろい》をほどくべきだな。メイドを呼ぶか？　それとも――」

一度言葉を切って、レスターはシェリルのデコルテ、硬いドレスに押し上げられた双丘のはざまに軽い口づけを落とす。

甘やかな刻印をされたような気分で、シェリルは、ん、と声を漏らした。

「手ずから、脱がせても？」

意外な囁きに、シェリルはびっくりしてしまう。

妻の着替えを夫が手伝うなんて、使用人のいない庶民の夫婦がすることで。

（でも）

デコルテに甘い口づけをし続けているレスターの、伏せられたまつげの美しさを見ていると、瞳まで甘くなるような気分になった。

「……でき、れば、レスターさま、手ずから……」

熱い息と共に囁いてしまったのは、その甘さのせいかもしれない。

「いいのか。君のメイドは俺より不器用か？」

レスターが少し顔を上げ、いたずらっぽく聞いてくる。

シェリルは潤んだ目を押し開き、懸命に主張した。

「アリスは器用です！　でも……」

「でも？」

レスターが自分を見ている。

冷たい光を浮かべることもできる黒い瞳に、ただ穏やかな熱が乗っている。

嬉しい、と、思う。このひとの優しさが自分のほうを向いている。昔から変わらない柔らかなものをかき集めて、優しくしてくれている。

そんな相手が自分だけであればいいなんて、わがままを思う。

「……できれば、二人きりでいたいと、思ってしまいました」

ぽそりとつぶやくと、レスターが笑って首筋に顔を埋める。

「さっきからものすごいな。君のそれは、わざとなのか？」

耳の近くで囁きながら、なめらかなシェリルの首筋に口づけを落とす。

「わざと、って、んっ……！　どういう、意味、でしょう……？」

じゅうっと軽く吸ってから、柔い唇が首の輪郭をなぞるように移動していく。

じわじわと広がる淡い快感が、新たなシェリルの輪郭を作っていくかのよう。

「あまりにも男心をそそることを言うから。誰かに教わったのかと思っただけだ」

「教わるだなんて、ぁ、ぅっ、んんっ……！」

浮き上がった鎖骨に、かり、と軽く歯を立てられ、妙に甘ったるい声が出た。

（なに、今の、はしたない）

自分から出ると思っていなかった声にびっくりして、シェリルは自分の白い人差し指に噛みついた。軽く噛むとその刺激すら少し甘く思えて、きゅっと力をこめる。

同時にその指が淡く光って見え、シェリルは瞬きをした。

（光……？）

と、そのときレスターの手がシェリルの手首を取る。

「噛むな」

不意に冷たい声が降ってきて、シェリルは目を見開く。

「申し訳、ございません……でも、声、が」

怒らせてしまったのかしら、と思ったものの、冷えた空気が漂ったのは一瞬だった。

すぐにレスターの雰囲気は緩み、シェリルが噛んだ痕に優しい口づけを落としてくれる。

「声が出て、何がいけない？　小鳥のさえずりのように心地よく、いけない夢をみせる花のようにかぐわしいのに」

そうしながら、レスターはシェリルの背中側に指を這わせる。

シェリルが浮かせた隙間から指が入りこみ、きっちり留められた金属製の爪がひとつひとつ外されていく。あっという間にドレスが開き、胴を締め付けるコルセットがあらわになった。

大きくて熱い手が、直接うなじに触れて髪を押しのける。

うなじに熱い息がかかり、口づけと共にレスターの言葉が落ちた。

「……困った」

「……あの、ドレスで、わからないところが、ありましたら、あ、ふ」

シェリルはまたはしたない声を出してしまい、真っ赤になって絹の枕に顔を埋める。

「違う。どこもかしこも美しすぎて、全部見たくなるのが、困る」

レスターは告げ、キツく締め上げられたコルセットの紐《ひも》をほどいていった。

急に呼吸が楽になり、はあ、と、シェリルは息を吐く。

（もっと……）

もっと息をしたい、と体は要求するのに、レスターはシェリルの肌があらわになるたび、そこに唇を当てていく。すっかり熱を持ち始めた体は、口づけのたびに痺《しび》れ、震えて、甘ったるい声を喉の奥から絞り出す。

「っ……ぁ、う、ん……レスター、さま……」

「薄紙《うすがみ》に包まれた花束のようだ……職人が丹精こめて漉《す》いた薄紙より、花のほうが美しい」

囁きながら腰を抱かれ、レスターの体に引き寄せられる。

そのまま体を起こされると、上半身のドレスがはらりとはだけそうになった。

「……っ……！」

シェリルは真っ赤になって、慌てて胸の部分を押さえる。

レスターは気にせず彼女の体を自分にもたれさせるようにして、穏やかに問うた。

「シェリル？」

「申し訳、ございません……あ、の」

（こ、この手をどけたら、胸が、見えてしまう）

「まだそこは見せてくれない？」

耳元で囁かれ、シェリルは顔を真っ赤にした。

「そ、れは……ひゃっ……！」

ぞろり、と、男の舌が耳を舐め上げる。

その瞬間に、そこにも官能があるのだと思い知らされてしまう。濡《ぬ》れた音を立てながら舌が真っ白な貝殻みたいなシェリルの耳をなぞっていく。なぞられた場所はひどく敏感になり、吹きかけられた息すらも淡い快感に変え始めていた。

気持ちいい、痺れる、耳からの痺れが頭を、思考を、痺れさせる。

「構わない、見えないものを愛《め》でる術などたくさんあるから。そのままでいい」

低い声が耳に直接注がれる、そのまま心臓に落ちてくる。

背後から回された長い指が、ドレスの隙間からシェリルの双丘に触れる。てのひらにすくい上げた柔いふくらみ優しく揉みこまれると、じわり、胸全体に痺れが溜《た》まった。

「や、ぁ、んっ」

「甘い声だ――頭が溶ける。もっと聞かせて、もっと溶けたい」

（あ、私も、おなじ）

シェリルだって、レスターの声を聞くと大事なところがどろどろに溶けるのを感じる。嬉しくてかすかに微笑むと、耳全体を口に含んで、じゅうっ、と強く吸われた。

「ひゃっ⁉　あ、あ、ぁ、ふ」

そうされると外の音が遠くなり、淫猥《いんわい》な水音ばかりが頭に響く。レスターの作った小さな水槽に閉じ込められたみたいな気分で、体の熱さをひどく鮮明に感じた。

「あっ、ふ……っ」

気づけばドレスを押さえるシェリルの手からは力が抜け、ぱたりと敷布の上へ落ちている。白い胸はレスターの指の間で思うままに形を変え、じわり、じわりと痺れが強まる。ここにも確かな官能がある、膨らみの中で快感がゆるゆると高まっていく。

足の間でとろり、と蜜が零れる感触があり、シェリルが思わず身じろいだ、そのとき。

男の骨張った指が、薄紅に染まった場所を大きめにつまみ、きゅうっと力をこめた。

「ひゃ、んっ！」

「痛くはないか、シェリル」

慈しむ声に心を愛撫《あいぶ》されながら、シェリルは全身を貫いた痺れの余韻で震えている。

男の指はまだ胸の頂きを摘まんだまま、きゅ、きゅ、と摘まんでいく。

「あ、ひぅ、あんっ、そ、それっ、や、ぁ」

ぴり、ぴりと突き通る快感は、やがてはっきりと下腹部に繋がった。

腹が熱い。もやもやとした、やるせない熱が溜まる。

お腹《なか》を引きむしりたいような、そんなことをしてもどうにもならないような、もどかしさ。

「嫌ならばすぐにやめる。やめようか？」

声と共に指から力が抜けかけ、シェリルははっとして目を開けた。

やめられたら、腹にもやもやが残ったままになる、それだけははっきりわかった。

「い、や、では、ないですっ……ただ、あの、ぴりぴり、して、おなか、あつくて」

「それは、気持ちがいいからだ」

教えこむようにレスターの声が響く。頭も、心臓も気持ちいい、甘い響き。

「……気持ちが、いい……」

シェリルは舌っ足らずに繰り返した。舌まで甘く痺れているのだ。

それがどれだけ扇情的かなんて、到底自分ではわからない。

「そう。嫌ではなくて、気持ちがいいと言いなさい」

そうしたら、続けてあげる。

レスターはどこまでも優しく、それでもどこか捕食する獣の目で笑いながらシェリルを見下ろしている。蕩けかけた果実をどこからかじろうかと熱っぽく見つめている。

たべられたい、と、思う。

たべられたい、かじられたい、このひとにだけ。

そのためだったら、とシェリルはあえぎ、たどたどしく彼の命令に従った。

「き、もち、いい……」

「気持ちいいか。では、誰に、どうされて、どこが気持ちがいい?」

「む、胸、が……レスターさまに、触れていただいて、気持ちよく、なっています」

言われた通りに言葉をつむげば、胸の痺れがぐっと大きくなった気がする。きもちいい、そうだ、これはきもちがいい、胸も、お腹も、ぜんぶきもちがいい。

「よく言えたっ　ご褒美だ」

耳を食《は》みながらのつぶやきと同時に、胸の先端をぎゅうっと力をこめて押しつぶされた。

「きゃっ……!　あ、ふっ……!」

零れんばかりに目を瞠り、甲高い声を上げて震え上がる。

今までで一番の痺れが脳天まで突き上げて来て、目の前でぱちっと火花が散った。きもちよさが膨らみすぎてつらい、必死に足の指を丸め、背中を反らせて快感を逃がそうとする。

後ろから抱きしめられていれば、大して動けもしない。

必死に頑張っても大して快感は逃げてくれず、シェリルは頭の芯をぐらつかせるような快感に翻弄されるばかりだった。

レスターはシーツをかりかりと引《ひ》っ掻《か》く無力なシェリルの足の指を眺めつつ、真っ赤になった果実をそうっと手放す。いつしか硬いコルセットはずり落ち、婚礼衣装は腰の辺りにわだかまっていた。

あらわになったなめらかな腹に腕を回し、背後からシェリルの喉に口づける。

「どうやったらそんなに甘い声が出る？　喉が砂糖で出来てでもいるのか？」

「そ、んな、わけ……っ」

シェリルが戸惑っている隙に、レスターは彼女の上半身を抱いて自分のほうを向かせると、たっぷりとした婚礼衣装をまろい腰から剥《は》ぎ取った。

ドロワーズも脱がされてしまうとシェリルは生まれたままの姿になり、寝台に仰向《あおむ》けで横たえさせられる。すべてをさらけ出すことにはなったが、思ったより羞恥はなかった。

それよりも、レスターから目を離せない。

「――俺がどれだけ、君をまぶしく思っているか。君には、わからない」

レスターは囁き、やっと自分も上着を脱ぎ捨てる。

無造作に寝台の下へ放られる服はどれも立派な刺繍が施されており、ボウタイには信じられないほど細かなレースが縫い付けられていた。

それでも、シェリルが衝撃を受けたのは服よりも、彼の体そのものだった。

（……きれい……）

ほとんど生まれて初めて見た、若い男性の肉体だった。

豪奢《ごうしゃ》な衣装を着ているときより逞しく見える。肩幅の広い男性的な骨格に無駄のない筋肉が張り巡らされ、女性の体とはいかにも違う、艶のある機能美が、そこにあった。

男の大きな手が、髪につけていた飾りと革紐《かわひも》を引き抜く。

かっちりした肩につややかな黒髪が落ち、そのさまが妙に色っぽい。

こくり、と唾を呑みこむと、レスターは目を細めて囁く。

「怖い？」

「いえ……まさか」

「本当に？　その気になれば、君の急所などすぐに押しつぶせる男の体だ。おびえるほうが賢いだろう。それとも、こんなものは見慣れているとか？」

いささか揶揄《やゆ》するようなことを言われて、シェリルはびっくりしてしまう。

でも、そう嫌な気はしなかった。

だって、彼の目は相変わらず何かを憂うようで、揶揄の色なんかなかったから。

シェリルは処女の肢体をさらしたまま、ゆっくりと言う。

「初めてです。でも――怖くはないです。あの。レスターさまも、あまり逞しくない女の体は、初めてですか？」

「なに？」

レスターの口元に、なんとも言えない苦みのようなものが載る。

その意味がわからないまま、シェリルは続ける。

「だって、レスターさまのほうが、怖がっているように、見えます」

レスターは一瞬言葉を失い、じっとシェリルを見下ろす。

シェリルはまばたきをし、横たわったままおそるおそるレスターに両手を差し伸べた。

「あの。私、確かにあまり立派な体はしておりませんが、砂糖でできてはおりません。ですので、溶けませんし、へし折れもしません」

そうして、レスターと視線をあわせて言う。

「大丈夫です」

「……シェリル」

ぽつり、と、つぶやきが落ちる。

次の瞬間、温かな体が覆《おお》い被《かぶ》さってくる。

男性の体だ。硬く、みっしりと中身が詰まっていて、重くて、温かくて。体重をかけてのしかかえられると、少し息苦しい。でも、なんだか安心する。

シェリルはレスターの黒髪の間に指を入れ、ぎゅっと彼を抱きしめた。

「大丈夫、大丈夫」

呪文みたいにつぶやくと、その喉に軽い口づけが落ちてくる。優しく、どこか敬虔《けいけん》な口づけが、喉、肩、鎖骨に降って、さっき敏感にされた真っ赤な果実にも降りかかる。

「んっ」

「本当だ。いくら口づけても、溶けてなくなりはしないようだ」

「ふふ、おかしなレスターさま、っ、あ……っ」

シェリルはおかしくて笑ってしまうが、やがてレスターの唇がなめらかな腹に口づけると、ずくんとその奥にうずくものを感じてしまう。

(熱い……お腹、が)

さっきから注ぎ込まれた快感は下腹部に溜まったままだ。

レスターにそれを知っているかのようで、口づけながら手のひらで腹を撫で、その熱を徐々に高めていく。

ちゅくり、と足の間で濡れた音が立ち、シェリルは軽く目を見開いた。

「え……」

「静かに」

レスターがシェリルの声を封じるように言い、わずかに開いた内ももに軽く噛みつく。

「ひゃ、ぁんっ！」

尖《とが》った刺激がそのまま快感になり、シェリルの足はぶるぶると震えた。

その拍子に、レスターの指が内ももの奥に滑り込む。

ちゅぷ、と水音がして、秘裂に男の指が触れたのがわかった。

「ん、んんっ……」

静かに、と言われた手前、シェリルは必死に自分の口を塞ぐ。

大事なところに触れられているのはわかる。ほんの少しの間だけ緊張で体がこわばったが、触れてくる指は思った以上に丁寧で、慎重だった。

彼女のそこはいつしかすっかり熱い蜜を零す花として熟していて、痛みもなくしとどに濡れていく。こうなると秘裂全体がじんわりと熱く、快楽の予感を帯び始める。

(こんなの、初めて)

下半身の熱と秘裂の熱がまっすぐ繋がっているのが、本能的にわかった。

自慰もろくに知らないままにこの歳になったシェリルだが、大事なことは体が知っていた。

レスターの指が何度も、何度も秘裂をなぞるうち、彼女の秘花は、はしたなく彼の指にからみ始める。レスターが重いまつげを伏せながら、どっしりと欲の載った声で囁く。

「ここがどうなっているか、わかるか？」

「わ、かり、ませんっ……ただ」

「ただ？」

「濡れすぎて……恥ずかしい」

真っ赤になって囁く間も、シェリルの肉は、にちゅ、ちゅく、という水音を立てながら、レスターの指にいやらしく媚《こ》びている。

レスターは薄《うっす》らと笑う。

「確かに君のここは、普段の君ほど貞淑ではない……すっかり甘く唇を開いて、俺の指を呑みこもうとしている。つるりと滑って入ってしまいそうだ」

「ごめんなさいっ……」

「謝るな。俺はうれしい」

囁くと同時に、秘裂の浅いところにレスターの指が入りこむ。

まだ誰も触ったところのない下の唇に直に触れられ、あ、という悲鳴が喉に引っかかった。

初めては、痛む。

そんな家庭教師の教えが脳裏を過《よぎ》る。

正真正銘の処女であるシェリルのそこは、まだ固く閉じている。

わずかな緊張を感じ取ったのか、レスターはいったん指を止め、未熟な秘花を二本の指でゆっくりと開いた。

「っ……」

(見られて、る)

シェリルは羞恥のあまり、両手で顔を覆ってしまう。

レスターは気にせず、にちゅ、と音を立てて開花したそこを見下ろした。

「慎《つつ》ましやかに咲いている——一生懸命蜜を零して、いじらしい」

「ご、めん、なさ、い」

「何を謝る？　君は何も悪くない」

囁く息が秘花にかかり、それだけで快感の予感に体がひくつく。

恐怖と、期待とがないまぜになって、頭の中がぐちゃりとする。

「美しく咲くのが罪なわけがない。罪があるとしたら、手折る者にある」

男の甘い声が落ちて、秘唇の上、期待につんと凝った花芽に、べろりと舌が這った。

「——……!?」

ぴりぴりっとした明らかな快感に、シェリルの小さな足の指が再びまるまる。

「な、にっ、ひぃっ……!」

戸惑ううちに、ぐっと舌でそこを押しつぶされた。

甘い電流。そうとしか言えないものが、びりっとシェリルを貫く。

（き、きもち、いい、うそ、こんなの、しらない）

全く知らなかった感覚が生まれ、息が詰まり、頭がぐちゃっと混乱する。

その間も、レスターの舌は力強く花芽をこね回していた。

神経を直接刺激されるような感覚に、快楽の波が押し寄せる。

あっという間に頭がゆだり、シェリルは何度も波にさらわれそうになった。最後の羞恥心と未知への恐怖で、どうにか踏みとどまる。シェリルの白い内ももが緊張したり、弛緩《しかん》したりするのを見て、レスターは彼女の抵抗に気づいたのかもしれない。

彼はひと思いに花芽を口に含むと、ひときわ強く吸い上げた。

「いっ――――……!!」

ぱちん！　とシェリルの目の前が真っ白になって、衝撃にはたかれた。

快楽の大波が彼女を引っさらい、ずるずると別の地平まで連れていく。

達したのだ、ということは、シェリルにはまだわからなかった。

ただただ未知の快感に覆われて、腰を浮かせて涙を浮かべることしかできない。

「……っ、ぁ、っ……」

ぱんぱんになった快感が、ようやく少しずつ抜けていく――と思ったとき、体の中に奇妙な感覚を覚える。ちゅくり、という水音が、体の中でする。

「え……」

まだ余韻でぼやける視界に目をこらしてみると、レスターの指が秘所に触れている。

触れているというか……。

伸び上がって軽く口づけられ、囁かれる。

「二本入ったが、痛むか？」

「二本……えっ、ゆび、です……？」

「そう」

確かめるように、中で指をくちゅくちゅと動かされる。

「んうっ！」

すっかり濡れて柔らかくなったシェリルの中は、レスターの指を違和感なく受け入れていた。

やわやわと内壁を探られると、さざ波みたいに官能が戻って来る。

中がじわりと気持ちよくて、でも、さっきの強い快感まではいけなくて。

シェリルは腰をもじつかせて頬を赤く染めた。

レスターは中を指で探りながら、そんな彼女の顔を愛しげに見つめる。

「愛らしい……君が望むなら、なんでもできる気がする。きちんと言いなさい。いいね？」

「は、い……ありが、とう、ございますっ、あ、の」

「どうした？」

問いながら長い指を根元までぐっと押し込まれ、あ、ひ、と喉をあえがせた。

奥、その奥に、何かある気がする。自分がまだ知らないもの、快楽の泉が。

予感で震えながらも、シェリルは赤く染まった唇で囁く。

「できること、なら、――口づけを……」

「いいだろう。いくらでも」

レスターは囁き、軽く唇を触れさせてくる。

最初に彼が教えてくれた甘さ。この甘さがあれば、多分、もっと先へ行ける。

そんな気がして、シェリルはレスターの首にそうっと自分の腕を回す。

目元を赤く染めて、シェリルは囁く。

「先を、教えてください……触れてくださっているところの、さき、あうっ」

言い終える前に、中から指が抜かれる。

ほんの少し毒を含んだ笑みが近づいてきて、唇を覆い尽くされた。

同時に内ももに手をかけて押し上げられ、秘所をあらわにされてしまう。

ぴとり、と何かなめらかな感触が濡れそぼった秘花に触れた、と思った次の瞬間。

ずりゅ、と、圧倒的な質量が体内にねじ込まれる。

「――……!!」

猛烈な違和感と共に、体が真っ二つに割り裂かれていく。

めきめきと音を立てそうな衝撃に、一瞬シェリルの体は逃げかける。

が、すぐに重なった唇からも舌がねじ込まれた。

（あ――レスター、さま）

熱い舌が口の中を蹂躙し、さっき見つけた気持ちいいところを全部擦りあげ、なめ回し、逃げかけたシェリルの舌を絡め取ってしゃぶりあげる。

あっという間に口の中の粘膜が熱くなり、どこからがレスターで、どこからが自分なのかがわからなくなっていき、シェリルはすっかり口づけに夢中になった。

「ん、ふっ」

（もっと、もっと、一緒になりたい）

こんなに誰かとの境がぐしゃぐしゃになるのが心地いいだなんて。

舌で口の中をかき混ぜられると、頭の中もかき混ぜられていくようだ。

同時に下腹部に熱い杭《くい》が打ち込まれていき、シェリルの白い腹は衝撃に何度も震える。

「っ、んっ、っ……！」

痛い、はずだった。でも、もうシェリルの中はぐしゃぐしゃで、衝撃は体の熱さに呑みこまれてしまって、痛いとは感じられなかった。

何度かの衝撃の後、彼の下生えが、さり、と自分の肌に触れる。

（これが、ぜん、ぶ）

体が全部重なった。指が触れられなかった奥まで、ぴったりと満たされた。

その多幸感で頭がぼうっとなって、激しい口づけをされながらシェリルは微笑む。

それを見下ろすレスターの目が、かすかに光る。

己をすべて収めさせた腹を手のひらでさすりつつ、彼はじっと待ってくれていた。

（この目——昔は青かった目が、黒くなったのは……夜が来たのかもしれない）

シェリルはなぜだか、そんなことを思った。

この世界には毎日朝が来て、夜が来る。

レスターが青い目でいられなくなったのは、彼にも変化の時が来たからなのだろう。

どんな変化だったのかは、シェリルにはわからない。

わかるのは夜の美しさ。星のまばゆさ。

たおやかな少年から逞しい男に変わったレスターは、熱のこもった体でシェリルを暴く。

それでも彼の心が優しく、ひたむきにシェリルのほうを向いているのは変わらない。

（嬉しい）

潤んだ目を喜びに細めると、レスターは軽い痛みを感じたような顔をする。

ずるり、と体に打ち込まれた楔《くさび》が半ばまで引き抜かれたのを感じた。

そうされると、体の中に空洞があるのがわかる。

さっきまではなかったもの。あっても気づかなかったもの。

（いや……埋めて）

瞳で囁きかけたのが、通じたのだろうか。

ずるるる、と、もう一度レスター自身が蜜洞の中を押し進んでくる。

ぴりりというかすかな痛み、そして淡い快感がぞくぞくと背筋を快感が這い、ずん、と重みを込めて最後まで収められると、充足感で熱いため息が漏れた。

「ん、ふっ……」

わずかに唇が離れ、レスターが囁く。

「堪えきれなかったら言うように」

「は、い……っ、んんっ！」

答え終わる前に、レスターが腰を打ち付け始める。

シェリルの繊細な肉筒を傷つけすぎないよう、注意深い動きだった。

それでも彼自身は初めての体を責めるには少々逞しすぎ、割り開かれ、ごりごりと内壁を擦られれば痛みをなくすことはできない。

「うくっ」

シェリルは必死に唇を引き結び、噛みしめようとした。

そこへ再び唇が降ってきて、シェリルが唇を噛まないように口づけられる。

（そうだったわ。唇を噛んではダメ。それが、レスターさまの望み）

必死に彼の望みを叶《かな》えようと、薄いレスターの唇に吸い付く。

その間も、ぐぶっ、ぐちゅっ、という濡れた音を立てながら男の剛直はシェリルの濡れそぼった秘花に沈み、薄い腹を膨らませそうなくらいにえぐっていく。

「っ、はっ、あんっ」

口づけの間に荒い呼吸を吐いては、また奪われる。息が足りず、頭の芯がくらくらする。

そうしているうちに、痛みと熱さと快感がぐにゃりとマーブル模様になって、シェリルはその中に放り込まれる。

(痛いの？　気持ちいいの？　わからない)

レスターはどうなのだろう、と薄ら目を開けて見ると、彼は少しこわばった顔をしていた。

まるで、自分のほうがどこか痛んででもいるように……。

(怖いの……？)

自分を抱くことを、自分が痛みを感じているかもしれないことを、このひとは、怖いと思ってくれるのだろうか。そう思うと、体中がふわりと軽くなった気がした。

ぐぐ、と奥まで入りこんだレスター自身が、シェリルの中の官能に触れる。

花芽に触れられたときみたいな快感で腹が痺れて、シェリルは細い顎をのけぞらせた。

「あうっ！　ん、んふ、あ、あん」

「声が、甘くなったたな」

「は、い……」

シェリルは薄らと微笑む。

同時に濡れそぼった中がさらに潤んだ気がする。

レスターも気づいたのだろう。腰を叩《たた》きつける速度が上がり、肉が打ち付けられる音が立つ。

肉と肉が触れるたび、体の奥まで振動が響き渡り、奥がじんじんと熱くなる。

ぬるま湯のような快感に全身が包まれ、シェリルは細い声を上げた。

「い、ぃい、きもち、いいっ……！」

「シェリル――」

苦しそうに、でも、愛しそうにレスターが囁く。

その声が、すきで。その瞳が、すきで。触れる指も、何もかも、すきで。

そう思った途端に、体が宙にふわりと浮いたような気分になる。

快感の大波に押し上げられて、目の前が白くなる。

少し気が遠くなりながら、自分の肉体が痙攣《けいれん》しながらレスターにしがみついているのを感じている。自分がどこかへ飛んでいってしまわないよう、とにかくしがみついて。

彼が強い力でぎゅっと抱きしめ返してくれることに、心から安堵した。

(好きです。あなたが、好き)

汗ばんだ男らしい胸に顔を埋めつつ、シェリルは、初めての深い絶頂の中にいた。

第二章　孤独な昼と、甘い夜

「……さま。シェリルさま」

「ん……アリス……？」

「ええ、アリスでございます。そろそろお目覚めになってみてはいかがでしょう？」

いつも通りのアリスの声と共に、まばゆいくらいの昼の光が降ってくる。

シェリルは瞼の裏にかすかな痛みを感じ、んん、と目を開けた。

（朝だわ……遅い、朝。それとも、昼……？）

思ったよりも強い光に、シェリルは慌てて目を開けた。

「私、寝坊した……？　アリス、今日の予定は？」

嗄《か》れかけた声で言い、シェリルは寝台に体を起こそうとする。

体は長く眠りすぎたときみたいにだるく、なんとなく違和感があった。

身にまとっているものはレースたっぷりの真っ白な寝間着。

そして周囲は――。

夢の世界みたいな白と金と、淡い夜明けの色で染められた部屋。

まだ漂う、懐かしくてかぐわしい花の香り。

「あ……」

(ここは、私の部屋じゃない)

レスターの屋敷だ、と気づいたのと同時に、昨夜の記憶が蘇《よみがえ》ってくる。

同時に腹の底に残ったむずがゆさもはっきりと認識してしまい、顔がかあっと熱くなった。

(そ、そうだった、私、いつの間にか眠ってしまって……)

自分の体をぎゅっと抱きしめると、枕元に立つアリスが、こほん、と、わざとらしい咳払《せきばら》いをする。

「ひとまず、無事にお勤めができたようで何よりでした」

「お、おつ、とめ……」

ますます赤くなるシェリルだが、アリスは平然と続けた。

「昨晩着替えに呼ばれなかったものですから、てっきり夜通しお話でもされていたのかと思っておりましたが、結局、明け方近くにレスターさまに呼び出されまして。首尾よくすべてが済んだのだな、と察した次第でございます。その後、シェリルさまのお着替えは私が」

「そうだったの……。ありがとう、アリス」

着替えの時に体もぬぐってもらったのだろう。

アリスのおかげですっきりとした朝を迎えられたと知り、シェリルは小さな声で、それでも心を込めて礼を言う。

「お礼を言われるようなことではございませんが、さすがにそろそろ起きたほうがよろしいかと存じます。もう昼近いですので」

アリスは平然とした顔だが、気遣いなのかなんなのか、シェリルとは目を合わせなかった。

シェリルはついつい、あわあわと言い訳じみたことをまくしたててしまう。

「お、起きます、起きます！　ええとね、昨晩はね、レスターさまは最初、そういうつもりがなかったのだと思うのよ！　夫婦だからと言って、必ずしも床を共にする必要はない、だなんて言ってくださったし……」

すると、アリスの形相が一変する。

「床を共にする必要はない⁉　そんなことをおっしゃったんですか⁉」

信じられない、といったアリスの顔に、シェリルは、ひっ、となった。

「怒らないで、アリス！　確かに変わったご意見だけど、全然嫌な感じじゃなかったわ！　何か、こう、私を、傷つけたくない、というような……そんな、感じで……」

言っていることは全部本当なのに、慌てたり、もじもじしたり、シェリルは忙しい。

とにかくアリスにレスターを嫌ってほしくなくて、でも、昨晩あったすべてのことを言うのは恥ずかしくて、結果として落ち着かなくなってしまう。

アリスは慎重にその様子を見据えていたが、やがて小さくため息を吐いた。

「――まあ、ご夫婦がそれでよろしいのなら、一介のメイドである私は差し出がましいことは申し上げません。結果としては、よい方向へ転がったようですし」

「そう……ね。多分、そう」

シェリルは口の中でつぶやき、そっと自分の手を見た。

行為の途中で噛んでしまった指には、もう赤みすら残っていない。

レスターがすぐにやめさせてくれたからだ。

(レスターさまは、ずっと優しかった。なるべく痛い、つらいことがないように、心がけてくださった)

初めての夫婦の営みが必ずしも心地よいものではない、というのは、よき妻になるための教育の中で教わることだった。

――気持ちよくなるために交わるのではありません。血を絶やさぬために交わるのです。

――そのために、妻は夫の妨げにならぬよう、痛みを顔に出さぬよう、つつましやかにいなければなりません。

女家庭教師の話を聞いて、初夜におびえたのは何歳の時だっただろうか。

でも、実際には全然違った。

彼の指は最初から痺れるように甘くて、舌は熱くて、うがたれた楔も最後には官能の泉を湧かせてくれた――。

ぽ、と顔を赤くしながら、シェリルは思う。

（レスターさまは、確かに、少し変わっているのかも）

彼は貴族の教科書に従わない。己の意思のみに従って振る舞っているように思える。

そしてその意思は、常にシェリルに優しく包み込もうとする。

（……会いたい）

ふわり、とそんな考えが脳裏に浮かび、シェリルは広い寝台の傍らを見た。

そこにはひとひとりが眠るだけの場所は、充分にあった。

けれど、レスターはいない。

「レスターさまは、執務中かしら？」

アリスに問うと、彼女は小さく首を横に振った。

「いえ。お休みになると聞きました」

「ああ、そうね。レスターさまもお疲れになったんだわ。夜の式だったもの」

だったら夕方には会えるかな、などと考えたシェリルだったが、アリスの返事は意外なものだった。

「いえ、そうではなくて、レスターさまはいつも、昼に眠り、夜に起きるのだそうです」

「夜に起きる……いつも？」

きょとんとしたシェリルに、アリスは少し難しい顔で眼鏡を直す。

「はい。執務もすべて夜だと。昼の間は使用人たちがすべてを切り盛りするそうです」

「すべて……でも、昼にしかできない執務もあるのでは？　領民の訴えを聞いたりだとか、視察やお茶会だとか……」

「私にはまだわかりませんが、それゆえの悪評かもしれませんね」

アリスに淡々と言われてしまい、シェリルの胸には小さな針が刺さった。

「レスターさまの、悪評」

「――シェリルさま、お腹は空きませんか？」

ぱきっと切り替えるように問われ、シェリルは浮かない顔を上げる。

直後、くう、とお腹が鳴って、シェリルは曖昧な笑みを浮かべた。

「……空いたわ」

「ですよね。まずは食事などしてから、考え事をなさったらいかがでしょう。空腹で考えると、何もかもが悪い方向へ進みがちですから」

アリスの言いようがありがたくて、シェリルは自然と笑みを深める。

「そうね。その通りだと思うわ。ありがとう、アリス」

「そんな、お礼を言われるようなことでは……当然のことをしているまででございます」

アリスは無表情のままちょっと照れて視線を逸らす。

シェリルはそんな彼女に笑顔を向け、ごそごそと寝台から抜け出した。

アリスに出してもらった普段着のドレスは、どれもとびきり素敵だった。

ハイウェストの神話風の白いドレスや、袖をたっぷり膨《ふく》らませた光沢感のあるクリーム色のドレス、さらにはシェリルの髪色にあわせたであろう、しっとりした薄紅色のドレス。

流行を取り入れつつも、不思議とシェリルの好みにぴったりとあう。

(レスターさま、ずっとこの館に居るというお話なのに、すごい情報通でいらっしゃるわ)

どきどきしながら袖を通したのは、クリーム色のドレスだ。

袖の形がかわいすぎて選んだのだが、着てみるとこれがしっくりくる。仕立てがよいせいか、どこも締め付けすぎず、ゆるくもない。いっそ着ているほうが楽だし、美しく見える。

魔法みたいなドレス姿で、シェリルは食堂にいる。

「――レスターさまは、こんな広いところで、いつもお食事を?」

シェリルが問うと、高い天井に声が反響した。

夜は不気味であろう灰色の大食堂も、今の時間なら明かり取りの窓から光が入る。

壁に並んだ彫刻たちも、ちょっとおどけた顔に見えた。

「ええ。それが当主の務めですよ」

少しざっくりした口調で答えるのは、婚礼の日に案内をしてくれた少年だった。

今は仮面を付けていないせいで、少しつんとした美貌がよく見える。

ちょっとしたホール並みに広い大食堂にいるのは、この少年と、アリス、シェリルの三人だけだった。シェリルは目の前のやたらと長い食卓を眺め、複雑な気分になる。

(夜にここでひとりでお食事は、さみしいんじゃないかしら)

昼ならいい、とシェリルは思う。

明るいときなら、だだっ広い場所で食事をしても、ピクニック気分でいられる。

なにより朝食メニューの素晴らしさが、憂鬱なんか吹き払ってしまう。

ピンクと金で縁取られた愛らしい食器。そこに載っているのは、焼きたてでいい匂いを発しているマフィン型のパン、切り立ての果物、口の中でほろっと崩れる冷製肉に、長い時間煮込んだであろう澄み切ったコンソメスープ、クリームを添えたミックスベリーのスフレ!

実家ではお祝いのときにしか見ないようなメニュー、いや、お祝いメニューをさらに洗練させたようなメニューに、シェリルはこくりと喉を鳴らす。

「――我々に糧を与えし光明神に、心から感謝します」

ひとまず祈りを捧《ささ》げたのち、シェリルはそうっとコンソメスープを口にした。

ぷわり、と口内に広がって鼻へ抜けた野菜の甘さとかぐわしさに、頭がぱっと冴《さ》えていく。

「美味《おい》しい……すごい」

「ありがとうございます。三日かかるらしいですよ、作るのに」

使用人の少年の言葉に、シェリルはびっくりして自分の口元を押さえた。

「三日！　三日を、一口で飲んでしまったわ！」

「あは、当たり前ですよ。スープなんだから」

無遠慮に笑う少年に、アリスがじろりと視線を投げる。

「こほん。奥さまに対して、少々親しみを持ちすぎているのでは？」

「ああ、すみません。レスターさまは、僕が無遠慮に喋《しゃべ》るのを喜ぶもので」

くすりと笑う少年に、アリスはますますイヤな顔になった。

「レスターさまはレスターさま、奥さまは奥さまです」

「もちろんです。もっと慇懃《いんぎん》にしなきゃいけませんね。レスターさまにも、奥さまをくれぐれもよろしく頼むと言われてますから」

「奥さまを……⁉　奥さまの面倒は、このアリスがすべて見ます！」

ムキになるアリスに、シェリルは慌てて声をかける。

「アリス、ありがとう！　そちらの、ええと……お名前は？」

「僕ですか？　僕はエドです」

「エド、あなたもありがとう。あなたが気さくなおしゃべり好きで安心しました。そうやってレスターさまのおしゃべりのお相手をしてくれていたなら、あの方も楽しかったでしょう」

シェリルは心の底から微笑んで言う。

こんなだだっ広い食堂で、夜にひとり食事を取るなんて絶対心楽しくない。でも、こんなふうにおしゃべりする相手がいて、こんな美味しい料理があるなら、案外レスターは不幸ではないのかもしれない。そう思うと、礼を言わずにおられなかったのだ。

エドはそんなシェリルの笑みを見ると、びっくりしたように目を瞠る。

そしてわずかに視線を逸らした。

「……僕は、僕の仕事をしているだけですので」

「勤勉で素晴らしいわ」

心から言い、シェリルはマフィン型のパンをふたつに割ってかじる。

途端に打ち震え、シェリルはアリスとエドを交互に見やる。

「待って……このパン……！」

「何か、おかしな味でもしましたか？」

「それか、熱すぎたりした？」

心配そうにのぞきこむふたりに、シェリルは真剣な面持ちで答えた。

「見てっ。多分、卵クリームが入ってる！　外はかりっと香ばしくて、中はむちっとうっすら甘くて、卵の風味があって……ものすごく、美味しい！」

「……そうですか」

「……お口にあってよかったです」

アリスとエドがほとんど同時に言い、安堵のため息を吐く。

シェリルはうきうきと卵クリームパンをお腹に収め、朝食を続けた。

「美味しかった……本当に、夢みたいに美味しい……。これは絶対食べ過ぎね。エドこのあと、お屋敷の中のお散歩に付き合ってくれないかしら」

シェリルが問うと、エドは決まり悪そうに鼻をこする。

「構いませんけど……広いですよ？」

「散歩するには広いほうがいいわ。そうでしょう、アリス？」

「体型維持には役立ちますでしょうね。もちろん私も同行いたします！」

胸を張るアリスに、エドはちらと視線をやって肩をすくめた。

「ご自由にどうぞ。ただまあ、ある程度気が済んだら、お昼寝もなさってくださいね」

「レスターさまにあわせて、ということ？」

シェリルが聞くと、エドは浅くうなずく。

「ええ。レスターさまのお目覚めは、日暮れの時刻と決まっております。寝室へ帰られるのは、夜明けの時刻です」

日暮れと共に起き、夜明けと共に起きる。青い空と無縁の生活。

「……レスターさまは、夜がお好きなの？」

冷製肉を切る手を止めて、シェリルは問う。

エドは口を開きかけ、返答に困ったようだった。

「――お好きでは、ないようですが」

「好きではない……」

「…………」

それ以上言わずに黙るエドを見て、シェリルは質問を引っ込めた。

口止めをされているのだろう、と思ったからだ。

(レスターさまのご事情は、きっといつかレスターさまご本人が教えてくれるはず)

ならば今は、ここでの生活に慣れて、時を待つのが得策だろう。

シェリルはたっぷりとした朝ご飯をお腹に収めて、さっそくアリスとエドと屋敷の探検に出発した。

「明るいうちに見ると、大分印象が変わるわね。彫像もちょっとかわいいし」

「かわいいですか？　本当に？」

「アリスはそう思わない？　ほら、この彫像とか、子供を抱いてるし」

あちこちにある彫像をしげしげと眺めると、そこには彫刻家のおふざけが垣間見《かいまみ》えた。

「うーん……。シェリルさまは寛大でいらっしゃるから」

アリスは難しい顔でうめくが、エドは面白そうにシェリルを見上げる。

「さすがはレスターさまの奥さま。変わってますね」

「そうですか？　私は私なだけだのだけれど」

シェリルは小首をかしげ、アリスはじろりとエドを睨《にら》む。

そのあとも、三人はあちこちを探検した。

そうしていると、広い屋敷自体にもいくつも愛嬌《あいきょう》のある場所を見つけることができた。たとえば、おふざけのような隠し部屋。ソファと大きな花瓶だけが置かれたロマンチックな小広間。さらには、洞窟風の温浴施設なども備えられている。

「素敵！　ここのお風呂って使ってもいいの？」

温浴施設の岩を模した壁がきらきらしているのを見上げ、シェリルは両手を握り合わせた。

洞窟内にはお湯を入れるであろうくぼみがあり、壁からはお湯を吐き出すであろう怪物の彫刻が生えている。天井からは無数のランプが下がっていて、夜に火を入れたら実にロマンチックだろうと思わされた。

「おひとりで使うには手間がかかるかもですが、レスターさまとご一緒ならいいんじゃないでしょうか？　用意しておきますよ」

こともなげにエドに言われ、シェリルはぼわんと赤くなる。

「え、あ……れ、レスターさまと、一緒に、お風呂……」

「さすがにそれは破廉恥《はれんち》なのでは⁉　貴族の夫婦が一緒に入浴するなど、聞いたことがありませんよ！」

キリッとしてアリスが言ったのは、それが貴族の習慣だからだ。

そもそも貴族というのは、夫婦であってもそこまで素肌を見せ合ったりはしない。寝台の中でも寝間着を着たまま夫婦の営みをする者も多いのだ。

なぜかといえば、服を着ているのが人間が獣ではない証明だから、だそう。

ところがエドは、けろっとして答える。

「レスターさまは気にしませんよ。僕らも気にしないし、ここで起こったことを領民たちや貴族のうるさ型たちが知ることもないでしょう」

「そ、そうなの……」

言われてみれば、昨晩のレスターは堂々と服を脱ぎ捨てた。

その下から現れた美しい肉体を思うと、シェリルはますますぽうっとしてしまう。

そんなシェリルに、エドは軽く片目をつむって見せた。

「問題は、レスターさまと奥さまのお気持ちだけです」

† † †

「本当に、ご夕食は抜きでよいのですか?」

「大丈夫、遅い朝ご飯とお茶をしっかり頂いたもの。万が一お腹が減ったら、こっそり厨房《ちゅうぼう》に忍び込んで何か分けてもらうわ」

長い散歩のあと、シェリルは自室でアリスに笑いかける。

時は夕刻。たっぷり散歩をして少し疲れたシェリルは、さきほど自室の隣の浴室で湯浴《ゆあ》みをしたところだ。

本来ならばそろそろ夕食の時間だが、それより疲れが勝ってしまった。

環境が変わったことと、たくさん歩いたこと、色々と考えたこと。思えば、疲れる要因は色々あった。

眠い目を指で押さえつつ、シェリルはアリスに笑いかける。

「だから、アリスは少し休んで。昨晩も、今朝も、働かせてしまって疲れたでしょう」

「……シェリルさまはお優しすぎます。私は生来丈夫ですので、このくらいなんでもございません。できることなら、シェリルさまのおそばについていたいと思っております」

そう言うアリスは、どことなく不安そうな目をしていた。

(ひょっとしてアリスは、まだレスターさまのことが怖いのかしら)

自分をひとりにしておいたら、レスターにとって食われるとでも思うのだろうか。それか、公爵家の使用人たちに意地悪をされるか、動く彫像に乱暴を働かれるとでも？

そんなことないわ、大丈夫なのよ、と言いたいが、アリスの不安も少しはわかる。

彼女はあの夏の後にやって来たメイドだから、少年時代のレスターを知らないのだ。いきなり大人の彼と出会ったら、それは不安もあるだろう。

彼は変わり者だ。けして悪い意味ではないにせよ、変わっているのは間違いない。

「アリス、私、少しまどろみたいの。半端な時間だから、男爵家では絶対に許されなかったけれど。ここでは、レスターさまと私のしたいことが一番らしいから」

少し冗談めかして言って笑って見せる。

今眠っておけば、夜に目覚めることができる、と、心のどこかでは思っている。

夜に目覚めれば、そこでレスターに会えるかもしれない。

そう。結局のところ、シェリルは、レスターに会いたいのだ。

「そう、ですか」

シェリルの思いを知らないアリスは、しばらく考え込む。

だが、彼女も使用人の立場だ。主人であるシェリルに逆らうことはできない。

結局彼女は慇懃に一礼し、

「でしたら、お言葉に甘えてこれにて失礼いたします。何かご用がありましたら、ご遠慮なくベルをならしてくださいませ」

と言って部屋を出て行った。

シェリルは笑顔で彼女を見送ったのち、ほう、とため息を吐く。

アリスが居てくれるのは安心するけれど、レスターが来てくれたときにはふたりきりでいたい。昨晩があまりにも甘美だったせいで、そんなことを思ってしまう。

シェリルはしばらく待ったのち、そうっと自室の扉を開けた。

薄暗い螺旋階段が、ぐるぐると下へ延びている。

シェリルは部屋からランプをひとつ取ると、螺旋階段を下りて行った。

（さっきのお散歩で、レスターさまが居そうな区画は大体わかったわ）

昨日の今日だ、二晩続けてレスターがシェリルの部屋に来てくれるとは限らない。

公爵といえば、本来ひどく多忙なはずなのだ。レスターは現皇帝の異母兄だから、何かのときには皇帝の代理だって務めるはずだ。

（そんな大事な方に、望みすぎてはいけない気がする）

でも、できれば顔は見たい。ならば彼が執務に携わるであろう区画をうろついていればいいのでは――というのが、シェリルの思惑だった。

（アリスにこのまま打ち明けたら、さすがにはしたないと言われてしまうわよね）

シェリルはほんのり頬を赤らめながら、薄暗い廊下を歩く。

正直なところ、昨日の夜のことだけでもシェリルは心の底から嬉しかった。

レスターに優しく触れて、愛らしいと言ってもらえたことで、あと一年、いや、三年くらい放っておかれても、彼の愛の中に生きていけるように思う。

なのに、もっと望んでしまいたい自分がいる。

（私って、欲深いのかもしれない）

ひとり考えこみながら、屋敷の中央二階部分にやってきた。

エドの解説によれば、このあたりが屋敷の中心部だ。

レスターの執務室と、屋敷の居間とも言えるロングギャラリーはここにある。

さすがに執務室に押しかけるのは迷惑だろうから、シェリルはレスターが執務室に向かうときに通るであろう、ロングギャラリーに腰を据えることにした。

（それにしても、立派なギャラリー）

美しい模様の巨石を薄切りにした卓にランプを置き、シェリルはロングギャラリーのソファに腰を下ろす。

途端にふんわりとした感触に包まれ、シェリルはソファにきゅっとはまりこんでしまった。

「ふかふかすぎる……気持ちいい」

思わず小さな声が出た。

そのまま体をソファに預けて、領地の景色を織り込んだクッションを抱き寄せる。

壁に備え付けられたオイルランプでゆらりと照らされたロングギャラリーは、その名の通り細長い廊下のような場所だ。

分厚い絨毯が敷かれて、数人がけからひとりがけまで様々なソファがおかれ、壁面には立派な革表紙の本が並ぶ本棚や、大理石で出来た彫刻、この世の果てから集めたような珍品の標本などを収めた棚が作り付けられている。

それでも余った壁面には、領地の風景画や、公爵家代々の肖像がかかっていた。

シェリルはその中の一枚、峻厳《しゅんげん》な山脈を背景にしたきれいな花咲く土地の景色を見つめる。

（この絵の土地が、レスターさまを作った土地）

どことなくシェリルの実家の花畑を思い出させる景色だ。

でも、もちろん細部は違う。

シェリルの知らない山があり、見慣れない木々が林を作り、名を知らぬ花が咲く。そこを渡る風の色と匂いも、きっとシェリルの故郷とは違うものなのだろう。

（私があげた花、この土地に行ったのね）

そんなことを思っているうちに、また、眠気が襲ってきた。

壁に掛かった絵の中から、心地よい風が吹いてくるような気がする。

この屋敷の空気に少し似た匂いの風。レスターが颯爽《さっそう》と歩くとき、その服の裾にまとわりついていた風。風に巻かれて、シェリルの意識は夢の国へと滑っていく。

（レスターさま――）

このまま眠ってしまうのは、きっととっても気持ちがいい。

でも、その前に、ひとめでいい、あなたのお顔が見たい……。

そう思ったとき。

「……シェリル」

柔らかな声が降ってきて、シェリルは重い瞼を開ける。

（……夢……？）

ぼうっとぼやけた視界を見つめ、シェリルはのろのろと瞬きをした。

目を閉じる前はまだ夕刻の気配が漂っていたロングギャラリーが、すっかり夜の空気に入れ替わっている。目を閉じたのは一瞬だった気がしたけれど、実際には時が経ったのだろう。

夜が来ていた。

そして、いくつもの淡い光がともった薄闇に、美しいひとの顔があった。

ソファでクッションに埋もれているシェリルを、ソファの背に手をかけてのぞきこんでいる、レスターの顔。

端整すぎる顔立ちには芸術的な陰影がつき、薄い唇にはすでに笑みが含まれていた。

「名を、呼んでくれたな」

「なまえ……そう、でした？　わたし、こんなところで、寝入ってしまって」

シェリルは寝起きでうまく回らない舌で言い、慌てて起き上がろうとする。

だ、その胸にレスターの大きな手が乗って、軽くシェリルを押し戻す。

たったそれだけで起き上がることはできなくなってしまい、ぽすん、とシェリルはソファに体を預け直した。

強い、男の力。

そして、甘い微笑み。

「俺の夢でもみてくれていたのか？　どんな内容だった？」

潜められた声が歌うように言うので、シェリルの頭は、とろ、と蕩けかける。

（会いたかった、レスターさま――また、会えた）

「わかりません……でも、あなたが出てくるのなら、きっと蜜のように甘い夢かと」

レスターにつられて、自分も囁くような声で言う。

レスターの唇から一度、驚いたように笑みがほどけて、すぐにまた笑みを含む。

「蜜のように甘いのは、君の言葉のほうだ」

囁きが低くなり、ランプの明かりが遮られる。

顔が近づいてきて、レスターの匂いが深くなった。

懐かしい花の香り、その向こうで静かに香る、甘い香木のような幻惑する香り。

唇が重なり、柔らかな甘さがそこから、じん……と沁みてくる。

「ん」

二晩めの口づけは、もう我慢が利かない。

シェリルは自分から薄ら唇を開き、レスターの舌を待ち望んでしまう。

心得たように入りこんで来た唇が、あらかじめ熱いシェリルの口の中に差し込まれる。

（レスターさま）

呼びかけるようにして、一生懸命舌を伸ばした。

薄い舌はすぐさまレスターのそれに絡め取られて、撫《な》で上げるように愛撫される。

「う、んっ」

粘膜と粘膜がふれあったところから痺れるような快感が広がり、シェリルは呼吸も忘れて口づけに夢中になった。

レスターは程なくシェリルの細い顎をとり、彼女の舌から自分の舌を引き剥《は》がす。

あ、と思って薄ら目を開けると、赤みを増したレスターの唇が笑っていた。

「ほら、舌も甘い。言葉は舌を甘くするから」

「ほんとう、ですか……？」

ぼうっとしながら聞き返す。

「わからなかったか？　なら、もう一度」

囁いて、もう一度唇が重なった。

大きな手がシェリルの耳を覆うようにして、彼女の顔を支える。

まつげとまつげが触れるような距離で、シェリルは目を閉じた。

くらやみの中、意識が舌だけに集中する。

ちゅ、ちゅく、ぴちゃ、と、口づけの水音が耳の奥で淫猥に響き、シェリルの体温がぐっと上がる。感じるところをすべて丁寧に舐めあげられ、擦られて、頭の中がぼうっとしてくる。自分の舌と相手の舌の区別がつかなくなって、呼吸を奪われ、くらっとした。

（あまい舌、もっと）

シェリルの舌は、いつしかねだるようにレスターの舌を追う。

レスターはそんなはしたなさに罰を与えるように、軽く舌に歯を立てた。

「んぅ」

ぞわぞわ、と気持ちよく舌が痺れて、シェリルがみじろぐ。

レスターは喉の奥で笑い、シェリルから顔を離した。

「口づけが、好きになった？」

「はい……すき、です」

ぼうっとしたまま、シェリルは素直に答える。

レスターはそんな彼女の前髪を愛しげに整えた。

改めて見上げてみれば、今日のレスターは昨日の婚礼衣装とは違う、濃紺の出で立《いた》ちであった。どこか豪奢な軍服を思わせる、襟が大きく、金モールと金ボタンで飾られた裾の長い上着をまとい、その下には禁欲的とも言える詰め襟の黒いシャツを着込んでいる。

公爵にしてはいささか質素だが、そのぶん彼の素の美しさが目に染みた。

夜に溶けそうなその姿をうっとりと眺め、シェリルは囁く。

「レスターさま……夜が、来たのですね」

「ああ。俺の時間だ。花嫁は今日はどうしていた？　なぜここで寝入っている？　君のメイドや俺の使用人は、どうして君をひとりにした？」

ごく穏やかに聞かれたが、そこにはほんの少しだけ使用人を非難するような響きがある。

シェリルは、はっとして言いつのった。

「使用人は、何も悪くありません。私が、忍んできたのです」

「なぜ？　夜に興味があったから？」

「夜も、昼と等しく好きですが――」

そうではなくて、あなたに、会いたかった。

はっきり言うには、まだ少しだけ決まりの悪いセリフだ。

シェリルが口ごもっていると、レスターはドレスで絞り出されたシェリルのデコルテに、軽い口づけを落とした。

「……ん……」

じわりと甘い熱が胸から拡散し、シェリルの息は熱くなる。

ところが、レスターはそのまま体を起こしてしまった。

「――君の気まぐれのおかげで、寝起きにずいぶんと甘いご褒美を頂いた。寝室へ送って行こう。今日もくだらん一日が始まるが、おかげで多少のことは堪えられそうだ」

熱が遠くなっていく。

レスターの微笑みが礼儀正しいものになっていく。

それはごく普通の、模範的な対応なのかもしれないけれど、シェリルは急に胸の中が欠けてしまったような気分になった。

「あ、の」

思わず手が伸び、レスターの袖をつまむ。

レスターはそれを見下ろし、もう片方の手でそっと包んでくれる。

「どうした、シェリル」

「お忙しいだろうとは、わかっているのですけれど」

（わかっているのに、引き留めるの？）

模範的な貴族の奥方の態度とは、ほど遠い。

ためらってしまうシェリルの顔を見下ろし、レスターは彼女の手を包み込んだまま、ソファの横に片膝をついた。

「忙しい、か。確かに今は忙しい。君のすべてを、この胸に覚えておこうとしているから」

シェリルから視線を外さずに言う声音は甘いが、どこまでも静かだ。

過剰さはなく、嘘やお世辞の気配もない。

この夜のように、奥が見えづらいだけで、静かで正直だ。

「私、も。……レスターさまを、覚えたい、です」

つられるように、シェリルの口からも本音が零れる。

レスターの唇が優しく弧を描く。

「どんな俺がいい？」

長い指の爪の側が、シェリルの白い頬を愛しく撫でた。

(どんなもなにも、あなたは、いつでもひとりだけ)

触れてくれる指が、見つめてくれる瞳が、言葉をくれる唇が、たまらない。

そのすべてを持っているのは、レスターだけだ。

「わかりません……可能なら、少しだけ、一緒にいたいと思って……ここで、お待ち申し上げていたのです」

本当のことを言うと、レスターは目を閉じた。

そのまま小さく息を吐いてから、薄らと目を開く。

「可能に決まっている。君より大事なものは、この世にはない」

宣言した声は少しばかり重かった。

そのままもう一度唇が重なる。今度は、唇で唇を軽く食まれる口づけだった。

ほんの少しだけ欲のにじんだ、食べるような口づけ。

徐々に体温を上げるようなそれを繰り返しながら、レスターの指がドレスの上を滑っていく。

肌触りのいいクリーム色のドレスの裾をたくし上げられると、その隙間から淡い光が漏れたような気がする。

何かしら、と思い、シェリルは自分から膝を立ててドレスの裾を押し上げてしまった。

(あらわにして見ると、光なんかない、ような……?)

「体はどうだ？　痛むか？」

裾からあらわになった、絹の長靴下を穿《は》いたシェリルの足。

それを愛しげに撫でながら、レスターは聞いてくる。

絹越しに伝わる熱にぞくぞくしながら、シェリルはそっとレスターの袖をつかんだ。

「ほとんど、痛みはございません。とても優しくしていただきましたから」

「ならばよかった。今日はそっと触れるだけにしよう」

耳元に囁きかけられ、熱い手が足の付け根まで潜っていく。

びくり、としたのは、今日は最低限を隠す下着しかつけていないからだ。

労働の間中着替えることもままならない庶民は、局部にぴったりくるような下着を着けない。

けれど貴族は正装以外のときは、小さな下着をつけてこまめに替えることが多い。

今、シェリルのそこを覆っているのは特別なめらかな絹の三角形だった。

下着の上から、昨晩愛された秘裂をするりと撫でられる。

「っ……ぁっ」

痛みまではいかない痺れが残る場所を刺激され、ついつい甘い声が出た。

きゅっと眉根を寄せて震えるシェリルの顔を、レスターはじっと見下ろしている。

「──敏感になっている。本当に、痛まないか？」

「だ、だいじょうぶ、で、す、ひゃんっ！」

言い終える前に、指が花芽をくるりと撫でた。

まだ少し膨らんだままのそこから快感が走り、腰がかすかに浮く。

「ああ……勃ったままだったのか。それはつらかっただろうな」

「勃、つ、という……の、は？」

途切れ途切れの問いに帰ってきた答えは、下着の上からそこを軽くひっかく爪先だった。

すべすべの絹ごしに痺れるような官能が這《は》い上がり、シェリルは目を瞠る。

「ひ、んぅっ、やっ、そ、こっ……！」

「ここは好きか？　気持ちいい？」

「き、もち、いい、のですがっ」

「ですが？」

聞きながら、なおもかりかりと引っかかれると、絶え間ない快楽の痺れが腰に溜まってきてしまう。体はまだ昨晩のことをしっかり覚えていて、すぐにそちらへ引っ張られる。

「……は、ぁ、よ、すぎ、て……」

「なんだ？　可愛らしいが、よく聞こえない」

笑いの気配含みで問われると、秘唇の奥がとろりと潤う気がした。

そこは彼の声ひとつ、指先ひとつで潤う泉なのだと、シェリルも薄々理解しつつある。

はしたなく腰を震わせながら、シェリルは必死に舌を動かした。

「きもちよすぎて、すこし、こわい……」

「──完璧な答えだ」

堪えられない、というように笑みを含み、レスターはシェリルの唇に顔を寄せる。

音を立てて口づけをし、一度彼女の下着から指を離した。

ほっとするのと同時に、どこか虚《むな》しい気もして思わず足をとじ合わせてしまう。

レスターは気にせず、そんなシェリルのこめかみに口づけを落として言った。

「こわいなら、自分で触ってみるのは？」

「自分で、ですか……？」

（いままで、考えてもみなかった）

シェリルはびっくりして瞬きをする。

その指先を恭《うやうや》しく手に取り、レスターはたくしあげられたドレスのほうへと導いた。

「そう。自分で触れれば、怖くはないだろう？」

「でも……ん、う」

反論らしきものを口にする前に、レスターの指に押された自分の指が、絹の下着に触れる。

「まずは、指の腹で押しつぶすように……そうだ」

「ひゃぁ、んんっ！　あ、だめっ」

ぎゅう、と思ったよりも力が入り、膨らんだままのそこが押しつぶされた。

快感がつーん……と、腹に抜けて、シェリルは薄紅の舌を振るわせてのけぞる。

「だめか？　気持ちよくはない？」

囁きかけて、レスターがシェリルの震える舌を自分の舌でからめとる。

「ん、ふっ」

気持ちよさを逃すために身もだえたいのに、口づけで頭が固定されてしまう。

指のほうもレスターの強い力でつかまっていて、花芽からずらせない。

(捕まって、しまった)

頭の中で、自分を籠に入れようと言ったレスターの声が蘇る。

(逃れられないのだわ、私)

彼が少しでも意地悪をしようと思えば、いくらでもできてしまうのだ。そう気づくと、なぜかますますたまらない気分になって、下着の奥からこぷりと蜜があふれる気配がした。

その間にも、ぎゅっぎゅと指に力をこめられ、ぴりぴりとした快感が続いていく。花芽はますます固く凝っていき、もっと大きな快感の予感をはらみはじめた。

このまま触っていたら、とんでもないことになるような――。

「今の気持ちを、口に出して言ってみて」

心臓がどきどきと音を立てるのを感じながら、シェリルは必死に舌を動かす。

「き、きもち、いい、で、す」

「よく言えた。ご褒美だ」

安堵したように言い、レスターが指に容赦なく力をかける。

膨らんだ花芽が、ぐりっと深く押しつぶされて、全身がびくんと震えた。

「ひ、んっ……！　あ、あっ…………！」

小さな快感の爆発が起こり、体が甘く痺れてしまう。

羞恥が吹き飛び、シェリルは豪奢なソファの上で目と表情を蕩けさせ、ひくひくと震えるだけのものになってしまった。

「可愛らしい……可哀想《かわいそう》に」

レスターはまだ彼女が指をそこから離せないよう固定したまま、小さな音を立ててシェリルの顔やのけぞった喉に唇を押し当てていく。

指を離してくれないせいで、なかなか快感が抜けていかない。シェリルは痙攣する喉で懸命に呼吸をしようとこころみながら、甘い風に包まれたような気分でいた。

ようやく快感が抜けてきたのは、どれくらい経ったあとだったのだろう。

シェリルの全身が弛緩すると、レスターはやっと手を離してくれる。

「少しは満足できたか？」

落ちかけた瞼に口づけながら問われ、シェリルは視線をさまよわせた。

「あ……は、い」

「嘘を吐いたな」

「え」

びっくりしてレスターに視線を戻す。

彼はほんの少しだけ、意地悪な顔をして囁きかけてきた。

「ずいぶん物欲しそうな顔をしている」

「…………！」

（も、物欲しそうな顔って、どんな顔を、してしまっているの）

シェリルは何もわからず、ぽうっと顔を赤くする。

実際には、目も、顔も、哀願を含んで蕩けていたのだ。

心を傾けた相手がそんなふうでは、男が黙っていられるわけもない。

「本当の気持ちを言ってごらん」

顔をのぞきこんで、少しばかり強い語調で問いただされる。

シェリルは目の前の黒い瞳から視線をそらせなくなり、真っ赤になって囁き返す。

「あ、の」

「うん？」

目が細められる。

優しくて、愛しげで、でも、シェリルを逃す気のない目だ。

見ているうちに、酔ったような気分になってしまう目だ。

「な、中に、お慈悲をくださいませんか……痛くとも、構わないので」

気づけばそんなことが声になって出て行ってしまって、シェリルは内心愕然《がくぜん》とした。

(私、どんどん奔放になっていってしまう)

シェリルが戸惑っているうちに、レスターは少し思案したようだった。

「そうだな。これだけ潤っていれば大丈夫だろう」

シェリルを安心させ、自分を納得させるように言う。

男の手がシェリルの白く柔らかな左のふとももを押さえ、ぐっと押し上げた。

はっとしたときには、小さな下着を留めていたリボンがほどかれている。

濡れた秘所が外気にさらされた感覚が気になったのは、一瞬だった。

すぐにレスターが前をくつろげ、熱いものの先端が潤んだ秘所にちゅくりと埋まる。

「君が満足するまであげる」

慈悲深いとも言える台詞と共に、ぐぐ、と重みをこめて体が押し進められた。

「あっ……！　あ……！」

（入って、くる。レスターさまが、わたし、に）

シェリルはとっさに、レスターの首にしがみついた。

割り広げられる感覚は強烈だったけれど、昨晩ほどの暴虐は感じない。

むしろ、心の奥底にあった虚しい場所を、じっくり埋められるような感覚だった。

ずぶぶぶ、とレスター自身が沈み込んでくると、脳の芯が喜びでぬるくなっていく。

「す、き、です、すき……すき、レスターさま……っ！」

うわごとみたいに繰り返しながらしがみついていると、なぜかレスターは痛みを感じたようにうめく。

「君は、ほんとうに……」

（ほんとうに、なに？）

胸の中で問うても、レスターは答えてくれない。

代わりにゆったりとした抜き差しが始まり、シェリルはすぐに快感に翻弄されるばかりになってしまった。


かち、こち、と、機械式大時計の音がする。

「――シェリル」

「ん……」

薄闇の中で声をかけると、甘いうめきが返ってきた。

とはいえこれは反射のようなもので、本人の意識は夢の中にあるのだろう。

愛しの公爵夫人は、ソファにくったりと身を任せて目を閉じている。

レスターはそっと手を伸ばし、彼女の頬に触れようとしてためらった。

（……馬鹿馬鹿しい話だ。もう、抱いてしまったのに）

ついさっきまで体の下に組み敷いて、散々嬌声《きょうせい》を上げさせた後なのだ。今さら寝顔に触れるのにためらうなど、自分で自分がわからない。

（君の夢の中には、せめて、俺がいないといい）

奇妙な願いを胸の中で唱えながら、レスターはシェリルの着衣を整える。

そのとき、闇に沈んだ廊下のほうから声がかかった。

「レスターさま」

「……エドか。執務へ戻れという話なら、今からそうするつもりだ」

「是非そうなさってください。あの方からの親書にも、そろそろお返事を」

「ああ」

「――あまりのんびりなさっておられると、儀式の時間が取れなくなります。ご自分のお体のことですから、お気をつけてくださいね。おしあわせそうなのは、何よりですが」

「しあわせ、か」

レスターは素っ気なく言い、こちらも唇に薄い笑みを浮かべた。

(確かに、しあわせには違いない。今このときだけかもしれないが、おそらくは、これがしあわせというものだ)

あのときを思い出す。あの、花咲く谷で過ごした、夢のような一夏を。

それまでずっと薄暗いところで過ごしてきた自分の目の前に広がった、奇跡のような青空と、満開の花々を。

呆然《ぼうぜん》とした。目の前にあるものが、美しいのかどうかすら、最初はわからなかった。

――ここはかりそめの場所。調整がすめば、すぐに出立します。

側近たちは口を酸っぱくして言ってきたが、レスターは真面目に聞いていなかった。

そんなことより、目の前の現実を受け入れるので精一杯だった。

(楽園なのかもしれないと、思ったな)

あまりにも馴染みのない景色に途方に暮れて、当時のレスターは今まで読んだ本の中に目の前の景色を探した。

そして思ったのだ。ここここそが、光の楽園なのかもしれない、と。遠からず旅立たねばならない場所だけれど、旅の途中で、自分は楽園に立ち寄れたのかもしれない、と。

だとしたらそれは、ものすごい幸運なのではないだろうか。

自分は穴蔵に生まれ、穴蔵に帰る運命にある。

この人生の果てに楽園はない。だが——途中には、あった。

信じてもいない神が頭上に降らせてくれた、僥倖。

そんなことを考えて、毎日少しずつ花畑を歩き回って、彼女に出会った。

少し遠くから彼女を見つけて、幻だと思った。数歩の距離まで近づいて、神の使いなのかもしれないと思った。声をかけると、彼女はびっくりしたように振り向き、レスターを見上げた。

途端にレスターは、少しばかり不安になった。

（おびえられるかもしれない、と、思った。俺にしみついた穴蔵の匂いに、気づかれるかも、と。ますます泣かれてしまうかも、と）

だが、彼女は、シェリルは、レスターにおびえることはなかった。

大きな愛らしい目を瞠って、レスターを見ているだけだった。

目に溜まった、大粒の涙に空の色が映っていた。

きれいだ、と、思った。

その瞬間、レスターは理解した。

この世にはきれいなものがたくさんある。

この花畑も。

この谷間も。

この、晴れた大空も。

最たるきれいなものが、この少女なのだと。

『あなたは、花の精なの？』

何か、美しいことを言いたくて、レスターはそんなことを言った。

シェリルはますます目を見開いて答えた。

『……違います』

『ほんとうに？　辺りの花みたいにかわいくて、蜂にも蝶にもおびえてないのに？』

レスターの言葉にシェリルはびっくりし、次にほんのりと笑ってくれた。

つぼみの花が開くかのように彼女の全身に生気が宿るのを、レスターは見た。

自分の一言で、彼女が元気になった。

そう思うと、どくん、と、心臓が音を立てた。

シェリルはスカートの周りで咲いていた花を一輪、丁寧にちぎって、レスターに差し出してくれた。

『どうぞ、空色の目のひと』

『……いいの？』

美しいひとが差し出してくれた、美しい花。

本当に自分が触れてもいいのだろうか、と思い、レスターはかすかに声を震わせた。

シェリルは浅くうなずき、ますます笑みを深くした。

『はい。あなたのおうちに、連れて帰ってあげてください。花だって旅したいと思うし、あなたの目、この花畑の空と同じ色だから。きっと寂しくないはずです』

心臓が、鳴っていた。そこに心臓があるのだと、必死に主張していた。

レスターは何かを言おうとして、諦めた。

代わりに手を伸ばし、丁寧に花を受け取った。

生まれて初めての、心から喜ばしいと思った贈り物だった。

あのときのことを覚えている。

忘れられない。忘れられるわけがない。

あれが、しあわせ。彼女が、しあわせそのもの。

しあわせと同じ形をしたひとが、今、目の前に居る。

「確かに、しあわせなのだろう、俺は」

「……ん……」

シェリルがかすかに声を上げ、寝返りを打とうとする。

レスターはすかさず彼女を両腕にとらえて抱き上げ、丸い頭をそっと自分の胸にもたせかけた。彼女をなるべく起こさないように歩き出しながら、エドに冷えた視線を投げる。

「夜明け前にすべてを終わらせる。裏礼拝堂で待て」

「了解です」

エドは従順に一礼し、ふと思い出したように付け足した。

「そうだ、そろそろ奴《やつ》らも来るはずです。報奨金の交渉をしたいと言ってましたから」

「以前使った死体漁《あさ》りどもか」

「ええ、あの、血なまぐさいやつら。いっそ、追い返しましょうか？」

「丁重に待たせておけ」

レスターは淡々とした言葉を落とし、そのままシェリルの寝室を目指して歩いて行った。

† † †

「わあ……きれいな街ね……！」

「ですね。奥さまにとっては初めての領地巡りになりますか」

「……そう。遅かった、わよね？」

シェリルはつぶやき、外套《がいとう》のフードを深めにかぶり直した。

あの結婚式から時が経ち、次の満月の日が来た。

アリスとシェリルは珍しく、昼間の街に繰り出している。

公爵領の中でも屋敷に一番近く、領内で二番目に栄えている都市、スモーキーヘッド。

同名の美しい青い山脈の麓に栄えた都市で、ずらりと並ぶ白い漆喰《しっくい》に黒い木枠、そして石瓦の屋根の建物が美しい。産業は鉱業と、産出される貴金属の加工、そして、この希有《けう》な景色と山登りと温泉目当ての客をもてなす観光業であった。

『まだ領地巡りもしていないだろう。残念ながら俺はついてはいけないが、あなたはたまに陽《ひ》に当たった方がいい』

と、レスターから外出許可を得たのはもう七日も前のこと。

「もう少し早く、外出しようとは思っていたのだけれど……」

「私は喜ばしいことだと思っていますよ。奥さまと旦那さまが仲睦《むつ》まじいのは、まあ、少し庶民的かもしれませんが、仲が悪いよりは大分よろしいかと」

「は、はい……」

アリスの言いように、シェリルはフードの陰で顔を赤くする。

結婚してからこの方、レスターとシェリルは大層仲がよかった。

なんというか、少し仲がよすぎるくらい、よかった。

レスターは最初に言った通り、何よりも自分の意思を優先して行動した。

――つまり、シェリルが求めるかぎり側に居てくれたし、甘い雰囲気になればどんなときでもどんな場所でも抱いてくれた。

屋敷では目につくところに使用人がいることは滅多になく、おかげでシェリルも大胆になってしまって、ロングギャラリーで抱かれた日から屋敷の様々なところでレスターと逢い引きを重ねるのが癖になってしまったのだ。

最初は怖かったあの彫像の陰で立ったまま貫かれたこともあるし、気候のよい夜には東屋《あずまや》に用意された寝椅子で繋がったこともあった。

好きなだけ愛し合って、それでも足りなくて浴室で再び抱き合ったことすらある。

『君は毎夜愛らしくなるな』

『夜はひとを正直にする。いくらでも求めたらいい』

『君のすべてが、酒よりも強烈に俺を酔わせる』

心臓をつかんで揺さぶる低い声に囁かれると、それだけで腰が砕けるようになってしまう。

レスターという存在は、シェリルにとって初めて覚えた美酒であった。

(だからといって、飲み過ぎていいわけではないわ。いくらレスターさまがああおっしゃっても、私は公爵夫人なのだから。もう少し、こう、領地のことを学んだりしなくては)

自分に言い聞かせるようにして、シェリルはフードの奥から街を見渡した。

舗装された道は歩きやすく、輸送にも適している。領地の人々は目的を持ってせわしなく動き、観光のために来ている人々は裕福そうで、楽しげに目抜き通りを歩いていた。

「豊かで、美しい場所ですね」

アリスが言い、シェリルが頷く。

「やはり産業が豊かなのでしょうね。色々と見て回りましょう、アリス」

「お供いたします、奥さま。男性使用人たちにも少し離れてついてこさせておりますので、ご安心なさってくださいね」

言われて見れば、少し離れた街角からこちらをうかがう見知った顔がある。

（護衛がいるような治安には見えないけれど、これもレスターさまのお心づくしね）

シェリルは普段着姿の使用人たちに軽く手を振り、視察を開始した。

目抜き通りにはにぎやかな吊《つ》り看板が目立ち、店先には飾り格子がもうけられている。

二人は少し歩くうちに、格子窓に夢中になった。

「シェリルさま、ごらんになってください。こんな、手を伸ばせば取れるような格子の向こうに、宝飾品が……！」

「本当だ……上手《うま》いこと、ぎりぎり手が届かないようになっているんじゃない？」

アリスと肩を並べて格子の向こうをのぞきこむと、そこは板戸になっていて、半分が飾り棚、半分は向こう側に開いて店内の景色を見せてくれている。飾り棚に陳列されているのは、金と宝石を使った数々の首飾りと、展示用の金細工の花々だった。

「本物みたいな花だわ……職人の腕がいいのね」

（それになんだか、懐かしいような……？）

シェリルはなんとなくそわそわしてきて、アリスを誘って店内へ入ることにする。

「──こんにちは、失礼します。……わあ！　すごい……！」

中へ入って、シェリルは思わず声を出した。

まるでドラゴンの巣穴のような場所だ。ランプがいくつも下がった薄暗く素朴な室内のあちこちで、手の込んだ宝飾品がきらきらと輝いていた。

格子戸のところに出ているようなものは序の口で、店の奥には薄く叩いた黄金を貼ったのであろう鹿の頭の細工物が鎮座し、枝分かれした立派な角から無数の首飾りや腕輪、耳飾りなんかが垂れ下がっている。

「好きに見て回ってください」

店の奥で作業していた白髪の老人が、視線も上げずに言う。

「ありがとうございます！」

あまりに堂々たる態度にアリスはぴりっとするが、シェリルは明るく礼を言った。

（細工が素晴らしいのはもちろんだけど、隅々までお掃除も行き届いているし、本当に素晴らしいお店だわ。領地の端からでも、ううん、帝都からでも、来る価値はあるかもしれない）

店を見て回りながら、シェリルは心底感心する。

こんな店がいくつもあるのなら、それはもう、この領地は儲《もう》かることだろう。

産業が生き生きとした美しい領地を保つには、レスターの働きがどうしたって必要だ。

（やっぱり、噂と現実は全然違う。むしろ、違いすぎるわ）

本当に、どうしてレスターは常闇の公爵なんて呼ばれているのだろう。これだけの宝飾品を扱う街ならば、帝都の貴族たちだって足を運ぶ。少なくとも、商人たちはやってくる。

なのになぜ、悪い噂だけが持ち出されるのか。

「――シェリルさま。シェリルさま？」

「……あ、ごめんなさい。何？　アリス」

ついつい考え事にふけっていたシェリルが振り向くと、アリスは無表情の下にわくわくを隠してシェリルを見ている。

「あの、こちらの華やかな赤目石を使った耳飾り、お似合いなのではないかと思いまして」

「アリスが私に耳飾りを選んでくれるの⁉」

男爵領では基本は職人や商人を家に呼んでの商談だったから、これは大層希有な機会だ。シェリルもびっくりして目を見開いているし、アリスも浮かれて大きく頷く。

「着付けのときはいつも私がシェリルさまの宝飾品を選んでいるじゃないですか。見る目はあるんですよ、これでも」

「もちろんアリスの目は信じてるわ。でもこれ……ふつうの、女友達同士みたいじゃない？」

「光栄すぎますが、ちょっとそんな感じがしますね……正直興奮する！」

「うう、私も興奮してきた。すみません、鏡の前であわせてみても？」

振り返って老人に尋ねると、

「勝手にしなさい。気に入ったら言っておくれ」

と、返事が来る。

シェリルとアリスは顔を寄せ合い、壁に掛けてある金属を磨き抜いて作った鏡をのぞきこんだ。そうっと耳飾りを耳の前に垂らすと、赤目石が鏡の中で、きら、と、輝く。

「はー……きれいですよ、シェリルさま」

アリスはうっとりと目を細めた。

一方のシェリルは、少々不思議な気分でいる。

「そう、ね……」

（きれいは、きれい。もちろん、すてき）

心は浮き立ったが、レスターが好きでなければ意味がない、と思ってしまったのだ。

（そんなに？　そんなに、レスターさまが中心なの？）

心臓に問いかけてみれば、そうだ、と返事が来る。

この耳飾りを、レスターは喜ぶだろうか。

悩み始めたシェリルを見て、アリスが心配げな顔になる。

「シェリルさま、どうかなさいましたか」

「え？　ああ、大丈夫！　ただ――」

一度言葉を切り、適切な言葉を探す。そうして結局、目を伏せた。

「レスターさまに、何か、買っていきたいな、と思って」

「なるほど、公爵さまに、ですか」

ふむ、とアリスがつぶやいたとき、不意に工房内に響いていた槌《つち》の音が止まった。

「あの。間違いだったら、申し訳ないんですけど——公爵夫人、ですか？」

工房の隅から声がかかり、シェリルはひえっとなって背筋を正す。見れば、素朴な服装の少年が金槌《かなづち》片手にこちらをうかがっている。おそらく、店の奥の老人の弟子なのだろう。

（バレてしまった……まあ、名前を呼ばれていたし、仕方ないかしら）

シェリルは曖昧に微笑んで答える。

「確かに、私はレスターさまのところへ嫁してまいりました。ええと、私が公爵夫人だということ、名前でわかったの？」

「はい！　公爵閣下の今回の花嫁は、まだお屋敷から追い返されてないって聞いて！」

「追い返され……」

こんな少年にまで、レスターの悪評は広がっているのか。

シェリルは軽いショックを受けて、店の奥の老人から少年に鋭い声が飛んだ。

「おい、なんて言葉遣いだ！　もっとちゃんとしな！」

「すみません、親方！　それと、公爵夫人！」

少年はそんなシェリルを見上げてあわてふためき、頭に乗っけていた鳥打ち帽をひっつかんで胸に当てると、しどろもどろで弁明を始めた。

「いえ、ええっと、違うんです！　俺、公爵の職人育成師弟制度でどん底から拾い上げてもらったから、公爵閣下にはしあわせになってほしくて。花嫁の馬車が帰っていくたびに、ちょっと悲しいっていうか、切ないっていうか」

「――そう。そうだったの」

シェリルはほっとして答える。

（よかった。レスターさまを思ってくれるひともいた）

「で、そうだ、これ！」

少年はまた少し言葉に困った末、自分が作っていた細工物を突き出してきた。

傷だらけで、皮膚の硬くなった少年の手。その真ん中で光るのは、金細工の花だ。

「これは……格子戸のところにもあった花ね。あなたが作っていたの⁉」

シェリルは目を丸くした。

これからブローチにも首飾りにも、それこそ耳飾りにもできそうな金の花。細工は精巧で、野に咲く花をそのまま写実的に写し取っている。

「はい。あの、格子戸のところのは習作で、こっちが、いつか公爵閣下に献上したいなと思って作っていたやつで……」

確かに格子戸のものよりできがいい、と思い、シェリルはふと目を見開いた。

「これ……ひょっとして、あの、花……？」

「えっ？」

「あの、私、この花に見覚えがある気がして……でも、変ね。初めて見たのに」

シェリルが慌てて言い訳をしていると、少年はますます目を瞠って続けた。

「この花、わかるんですか？」

「え……」

「あの！　これってモデルがあるんです。公爵閣下がここに来てから山に植えた花です。最初は気候にあわずに上手く咲かなかったんですが、閣下がどうにかして咲かせてくれとおっしゃって。たくさんご褒美もくださるという話で、有志が頑張って育てたんです」

少年の話に、シェリルは言葉を失った。

あの花、だ。これは確かに、あの花だ。

シェリルがあの夏に渡した花だ。

あの花は、ここまで旅をしたのだ！

「今じゃ、山の麓に立派な花畑があります！　このへんでは珍しい花なので、花そのものを見に来るひともいるし、この街のシンボルのようなものです。公爵閣下には色んな噂がありますけど、僕らは閣下が、この花を愛するひとだと知っています……！」

（……嬉しい）

じわり、と、胸が温かくなっていき、シェリルはしばし感じ入った。

外に出てきてよかった。この店に来てよかった。おかげでレスターがこの地でどんな風に生きていて、どんなふうに思われているかを知ることができた。

彼はやっぱり、極悪人なんかじゃない。

あの夏に持って帰った花を大事にここに植えてくれた、優しいひとだ。

「ありがとうございます。あの、できたらその花の細工を」

売ってはくださいませんか、と、言おうとしたとき、シェリルはかすかな光を見た。

(え？　何、今のは)

飾り物が光ったわけではない。

眼球そのものが光ったような、不思議な感覚。

まぶしさは一切なく、ただ、ざわりと胸騒ぎがする。

光はあっという間に収まっていき、直後、けたたましい音を立てて店の扉が開いた。

驚いて振り向くと、扉から革製の外套を着た男が入って来たところだ。

「――ゴルジ老。いてくれたか……！」

もみあげから繋がる立派な髭《ひげ》を持った、壮年の男だ。

見上げるような巨躯《きょく》で身なりも立派だが、服装も声も顔立ちも、どこか荒々しさを感じさせる。その男を見ていると、また、きらっとシェリルの目の前が光った。

(なんなの、この光。私の目、おかしくなってしまった?)

戸惑うシェリルの目の前で、店の奥の老人が不機嫌そうに眉根を寄せる。

ゴルジ老と呼ばれたのは、彼なのだろう。

「なんだ、バートン。昼間っから」

不機嫌そうなゴルジに、バートンと呼ばれた客は大股で歩み寄る。

シェリルたちなど視界にも入っていないようで、大きな手で押しのけるようにして横をすり抜けていった。

「最近は心を入れ替えて、朝起きるようにしてるんだ。そんなことより、あの話だよ」

「お客がいる。後にしな。――いや、あの話なら、もう俺は聞かん」

「つれないことを言うな……!　クリスティーナは俺の女だ、絶対に、あの常闇の公爵から取り戻してみせる!」

(………!)

シェリルはわずかに息を呑む。

常闇の公爵はレスターの異名だ。この男もレスターの話をしている。

バートンは店内の作業台に手を置き、ゴルジを上からぐうっとのぞきこみながら言う。

「俺は俺のものを奪うやつはゆるさん。奪ったやつには思い知らせる!　全力でな。だが、あの屋敷は一筋縄じゃいかんのだ。侵入するには、お前の彫金技術が必要なんだよ……!」

（こ、これは、危険な話をしている、ような……）

シェリルが戸惑っているうちに、アリスがこわばった声を上げる。

「……あの。申し訳ありませんが、私たち、これにて帰らせていただきます」

「えっ、でも……」

シェリルは迷った声を出すが、ゴルジは即答する。

「わかりました。また来てください」

そう言ってシェリルを睨み、扉のほうを視線で示す。

（出て行け、ということね。ここは従ったほうがよさそう）

シェリルが決心したとき、職人の少年が声をかけてきた。

「あの、もしよければこの細工、お持ちいただけたら！」

差し伸べられた少年の手には、例の花の細工が光っている。

できれば持ち帰りたいと思っていたものだったから、シェリルはぎこちなくうなずいた。

「――ありがとう。お代はおいくら？」

「公爵夫人からお金なんかもらえません。タダでいいですよ！」

少年は屈託なく言う。

その瞬間、ゴルジとアリスの肩がびくんと震え、シェリルは何事かとふたりを見た。

数秒後、バートンの大きな背中がゆるりと動く。

「……公爵夫人……？」

　地を這うような低い声で言い、バートンがシェリルを見た。

　きらきらっと激しく目の前が光った気がして、シェリルは震える。

（こ、こわ、い）

　シェリルは巨大な獣に睨まれたように動けなくなり、アリスは引きつりながら必死にシェリルの袖を引く。ゴルジが焦った様子で椅子から腰を浮かした。

「バートン、待て、話を聞こう」

「話はあとだ、ゴルジ。そんなことより、公爵夫人――つまり貴女は、レスターさまの奥さまであらせられる？」

「は、い。私は……」

　そこまで言ったところで、バートンの大きな手がシェリルの二の腕をつかんだ。

「俺はなんて幸運なんだ……！　公爵夫人、是非ともこのバートン・グラスフィールドの話を聞いてください。あなたの旦那さまが俺の女にした酷い仕打ちの話を聞いてください。そうして、償ってください！　あなたのすべてでもって！」

　低く吠《ほ》えるような声で、すさまじい圧をかけられる。

　内容も声もあまりにも脅迫的で、シェリルの心臓はぎゅうっと縮み上がった。

「……ここでそういったお話は、できません。一度正式に、屋敷にいらしてください……」

それでもシェリルがはっきりと答えられたのは、貴族たるもの日々堂々としていなくてはならない、危機が迫ったときは特に――という教育をされたからだ。

しかし、その態度はバートンの気に食わなかったらしい。

「あの屋敷であの悪魔の話ができるか‼」

細い手首をあっという間に両方握りこまれて、シェリルは息を呑んだ。

「っ……！」

次の瞬間、ガンっ！　という派手な音が響く。

バートンの血走った目が大きく見開かれ、彼は大きくよろめいた。

何事かとみれば、バートンの背後で小柄なゴルジが作業用の木槌《きづち》を持って踏ん張っている。

(まさか、あの槌でバートンさんの頭を……？　私を、守るために？)

シェリルは呆然としたが、すぐにゴルジの叱責するような声が飛んだ。

「行きなさい！」

「は、はいっ……！」

バートンがよろけてしゃがみこんだのを横目に、シェリルは小走りで扉へ向かった。

一歩早くアリスが扉にたどり着き、開け放つ。

「シェリルさま、お早く！」

二人はレンガ舗装の街路にまろび出た。

相変わらず結構な人通りで、急に現れた二人には怪訝そうな視線が向けられる。

(私たちの馬車は――この道を、抜けたところ)

あそこまで行けば、男性使用人たちもいるはず。

そう思ったとき、背後の宝飾店の扉がもう一度、乱暴に開く。

よろよろと道に出てきたのは、バートンだ。

「おい！　捕まえろ！　そいつは、公爵夫人だ！」

バートンは自分の頭を押さえながら、怒りのほとぼしる表情でシェリルを指さした。

直後、シェリルの目の前がきらきらっと光ったかと思うと、ふたりは何者かに行方を遮られてしまった。

「おっと公爵夫人、そんなに急いでどうされました？」

「俺たちとお茶でもいかが？　なーんてな！」

街中になじんでいた男たちが、悪意をにじませて声をかけてくる。おそらくバートンの仲間、もしくは配下の者たちなのだろう。

シェリルはぐっと腹に力をこめる。

「――走るわよ、アリス」

「はいっ……！」

二人はうなずきあい、行く手をはばむ男たちに向かって走り出した。

男たちはにやにやと両手を広げる。子供と追いかけっこをするときの所作だ。
アリスは首元のスカーフに指をかけると、引き抜いて男たちに向かって投げつける。
「おお？」
ふわ、と広がったスカーフが男たちの視界を遮る。
その下をくぐるようにして、シェリルとアリスは男たちの囲みの隙間を駆け抜けた。
（いけた……！）
ぎりぎり、逃げ切れる！
「いい度胸してやがる！」
背後でバートンの一味が面白そうに怒鳴る。
がっ、と足に衝撃があり、浮遊感に襲われた。
（えっ）
足を引っかけられた、とわかる前に、体が浮く。
このまま派手に舗装された道に落下し、転がる――と思ったとき。
夜の闇のような黒と、乾いた花の香りが広がった。
「――⁉」
足を引っかけられたはずのシェリルは、誰かに抱き留められている。
とっさにすがったそのひとの体には、覚えがあった。

（レスター、さま……？）

まさか、と思って見上げると、そこにはぞっとするほど美しいレスターの顔があった。

黒ずくめの軍服めいた普段着に灰色の外套を羽織り、シェリルを抱いて男たちをねめつけている。整った横顔はいつもよりも数段鋭く見え、切れ長の瞳は燃えていた。

冷たい常闇の炎みたいな瞳の色は——青。

「えっ」

シェリルは大きく目を見開く。

青、だ。

間違いない。

あの夏に見た、青い瞳！

なぜ、と問う間もなく、男たちがレスターとシェリル、アリスを取り囲む。

「なんだてめえ。美人の前でかっこつけたくなっちまったか？　痛い目みたくねえなら、すっこんでな！」

「散れ」

「ああ？」

淡々と放り出されたレスターの声に、男たちは怪訝そうな顔をする。

「あ、の」

シェリルはレスターに抱きしめられたまま、何か言おうとする。

レスターはそんな彼女を見下ろし、唇だけで笑って言った。

「目を閉じて。ここには、君の目に映す価値のある人間などひとりもいない」

「そ、そんなことをおっしゃったら……！」

あまりにも挑発的なレスターの台詞は、シェリルというより周囲の男たちに聞かせるため発せられたのだろう。レスターはさらに、シェリルだけを見て続けた。

「大丈夫だ。奴らは――獣《けもの》どもは、君に触れることもできないだろう」

焦るシェリルをよそに、周囲の男たちの目がつり上がる。

「獣ねえ」

「じゃあ、ちょっと人間さまに遊んでもらうかぁ！」

男たちがうなり、手の中でぶらつかせていた片手剣ほどの長さの棒を振り上げた。

ぶうん、と、棒が振り回される。レスターの頭に向かって。

シェリルは、ひ、と首を縮める。

レスターは瞬きもせず、体をひねってシェリルを自分の陰へ隠した。

同時に、革手袋をした手をためらいなく突き出す。

ぱしん、と弾けるような音を立て、レスターが棒をつかみ取る。

そのまま体を大きくひねると、そのひねりが棒を持った男のところまで伝わった。

「う、おっ⁉」

男は棒から手を離せないまま、半回転して地面に叩きつけられる。

レスターは棒から男を振り落とすと、構え直してもうひとりのみぞおちをえぐった。

「ぐうっ‼」

急所を突かれた男は白目を剥《む》き、よろよろと後ろへ下がって、そのままばたりと倒れる。

「レスターさま……！」

レスターの背に隠されていたシェリルは、いったん場が落ち着いたのを察して、おそるおそる声をかける。レスターの立ち回りは一瞬だったが、彼の手際のものすごさはわかった。

レスターが、自分のために危険に身をさらしたことも。

「だ、だいじょうぶ、ですか……？」

恐怖でしびれがちな舌で、どうにかレスターを労《いたわ》る言葉をつむぐ。

外套に覆われたレスターの背を軽くつかんでみるものの、彼の反応はなかった。

棒が、からんと地面に落ちる。はあ、はあ、と、荒い息で肩が上下している。

「レスターさま？」

いよいよ不安になり、シェリルはレスターの横に回った。

と、そこへ、聞き覚えのある野太い声がかかる。

「これはこれは……公爵閣下ではありませんか！」

「っ！」

シェリルはレスターにすがったまま、声のほうを見る。

気づけば周囲はすっかりひとだかりだ。

公爵閣下、と大声で呼ばわったのは、追いついてきたバートンである。

彼はさらに数人を従え、ひとだかりをかき分けてやってくる。シェリルたちの後ろにも数人の男性使用人たちがたどりつき、二勢力が街路の真ん中で向き合うこととなった。

バートンはレスターを一瞥《いちべつ》すると、野性味のある革の外套を翻して一礼する。

「面会は常に夜だけ、それもご多忙で数ヶ月待ちはざら。そんな閣下のご尊顔を、まさか、昼間に拝することがあるとは。申し遅れました、俺は――」

「知っている」

素っ気ない声でレスターが言い、バートンはお辞儀の姿勢のまま片眉を上げた。

「なんと、意外だ。公爵閣下ほどのお方が、俺ごときの顔を覚えておいでで？」

「バートン・グラスフィールド。住《す》み処《か》は鹿鳴谷《しかなきだに》の縁。山向こうの北方辺境区から移り住んだ狩猟民族の頭との触れ込みだが、ただの狩猟民族にしては貯《た》め込《こ》んだ財が多すぎる。おそらく狩っていたのは獣だけではあるまい？」

心臓まで響くレスターの美声は、周囲に静かに広がっていく。

ざわり、と街の人々が顔を見合わせ、バートンの配下たちはいささかいらだった。

バートン自身はというと、片眉を上げたまま堂々と姿勢を正す。

「……ほお。閣下は俺を、盗賊だとでもおっしゃりたいわけで？」

シェリルはひゅっと息を呑んだ。

辺境の山には大盗賊団が潜んでいる、という話はシェリルも聞いたことがある。

この街から見える山脈には、隣国へ続く秘密の道がいくつもある。

そこを行くのは訳ありの人々、もしくは税金を逃れて商品の売買をしようとする密輸商たちだ。彼らはたとえ襲ってもどこかへ駆け込まれる可能性が低いため、秘密の道に潜む山賊たちは山の貴族のように財をなしているのだという。

（バートンさんが、あの、山賊だというの？）

そんなシェリルの想像に、レスターの声が割り込んでくる。

「まさか、そんなことは言っていない」

しれっと言ったレスターに、バートンの表情が一瞬ゆるむ。

彼はにやついた顔で、レスターに語りかける。

「さすが公爵閣下。話がわかる。そうです、俺は――」

「ケチなこそ泥。または、惚《ほ》れた女に愛想を尽かされ、常闇の公爵の館に逃げ込まれた甲斐性なし、といったところだろう。どちらの名がいいかは選ばせてやる。それと、一応言っておくが、お前の女ならもううちの屋敷にはいない。護衛をつけて実家に戻してやった後だ」

「――………」

レスターの美しい唇からさらさらと出たのは、バートンの恥部を晒《さら》す罵倒、なのだろう。

バートンは笑んだ表情のまま、空気だけを凍らせた。

そして、唐突に腰の片手剣を抜き放つ。

「……！」

今度こそ、シェリルは目を瞠って固まった。

片手剣が振り下ろされる、と思ったとき。

レスターの腰から、銀色の光が蛇のようにバートンの剣へと襲いかかる。

じゃりん、と、金属と金属がすりあわされる、耳障りな音。

少し遅れて、バートンの剣がけたたましい音を立ててレンガの地面に転がった。

（え……？　な、何が起こったの）

剣に不慣れなシェリルには、目の前で起こったことの意味がわからない。

地面に転がっているのは、柄部分と剣を繋げる部分が壊れ、落ちてしまった刀身だ。

レスターはいつの間にか抜いていた自分の剣を腰の鞘《さや》に戻し、しれっと言う。

「危なっかしいな、バートン。壊れた剣が勝手に鞘から滑り出るだなどと……下手をしたら公爵に剣を向けた罪で、八つ裂きの刑に処されるところだったぞ」

「………？」

まだきょとんとしているシェリルの耳に、ざわつくバートンの部下や、周囲を囲む者たちの言葉が入ってくる。

「――まさか、殿下は狙って、あいつの剣を壊したのか?」

「……そういうことだろ。庶民が皇族の血に剣を向けたら、即死刑だ」

「剣が壊れていたということにすれば、事故……公爵殿下の、温情ということか」

「それにしても、すごい腕をお持ちだなあ」

人々のざわつきの中、バートンは刀身をなくした柄だけを手にして突っ立っている。その表情は、すっかりと呆《ほう》けていた。

レスターはもはや彼を見ることすらせず、シェリルの肩を抱いてきびすを返す。

「くれぐれも、剣の手入れはしっかりしろ」

素っ気ない捨て台詞と共に、レスターはシェリルと共に馬車へと向かった。

シェリルはレスターについていきながら、混乱を鎮めようと深い呼吸を繰り返す。

「……ご気分はいかがですか、シェリルさま」

横から、心配そうなアリスの声がかかる。

シェリルは曖昧な笑顔を作って彼女を見た。

「だ、大丈夫。アリスこそ、大丈夫? 怪我はない?」

「大丈夫です。スカーフを奴らに与えてしまったのだけが業腹ですが」

気丈な表情で笑うアリスに、シェリルは半分ほっとして、半分申し訳ない気分になった。

(今度、アリスにいいスカーフを選んであげなくては。こんな騒動があったから、花の細工物も受け取れなかったし……あれを、レスターさまに見せたかった……)

まだ少しざわつく胸を抱えながら、シェリルはレスターを見上げた。

そして、ぎょっとする。

馬車を見つめて歩むレスターの顔色は、雪よりも白く見えたからだ。

「れ、レスターさま、何か、お具合でも……!?」

「………先に乗れ」

ようやく馬車のところへたどりついたレスターは、短く言う。

声にも力が宿っていない気がして、シェリルは一瞬どうするか迷った。

が、結局言われたとおり先に馬車に乗り、レスターの腕をつかんで自ら引っ張る。分厚い布地越しに感じるレスターの体温はひどく低く、生きているのかすら不安なくらいだ。

さらに男性使用人やアリスの力も借りて、レスターは馬車に収容される。ぐったりとした体がのしかかってくるのを感じ、シェリルは自分の体まで恐怖で冷えるのを感じた。

「シェリルさま、アリスは御者席に乗りますね。よければ、レスターさまには横たわっていただいて……。何かありましたら、すぐお呼びください！」

アリスは馬車の中を見て少し迷ってから、そう言って馬車の外側の席に回る。

シェリルはありがたくアリスを見送り、レスターの体を必死に引っ張る。

「こちらへ……！　あの、よければ、座席に体を倒してください」

「――いや……」

レスターはぼそりと言い、シェリルの隣に座る。

彼の体が力なくしなだれかかってきて、頭が肩に載せられた。重い頭だった。

「できれば……こうしていてくれないか」

かすれきった声が、シェリルの心臓に爪を立てる。

「もちろんです。いくらでも」

体調の悪いレスターの気に障らないよう、なるべく小声で、それでも強く言う。

シェリルはレスターの肩にできるかぎり腕を回した。女らしい所作ではないかもしれないが、ここは誰の人目もない。何より、シェリルは冷えたレスターを温めたかった。

彼女の淡い力に安堵でもしたのか、レスターは浅いため息を吐く。

(本当に、ひどい顔色)

はらはらと見下ろすと、血の気をなくしたレスターの額にうっすらと汗が浮いているのが見えた。彼は、シェリルには想像もできない苦しみの中にいるのだ。

どうして？

病なのか、怪我なのか。

黒から青に色を変えた瞳は、何か関係しているのだろうか。

考えても何もわからない。わかるのはシェリルの心が締め付けられるように痛むこと。このひとが、苦しみを横に押しのけて、自分を助けに来てくれたことだけだ。

（どうして）

さっきと同じ問いを胸に抱く。

言葉としては同じでも、意味は少しだけ違う問い。

（どうして、こうまでして、私を……）

じわ、と目の奥が熱くなり、いても立ってもいられなくなる。

シェリルは小さな嵐を胸に抱えて、レスターの額に唇を寄せた。

ほんのかすかな、触れたか触れないかの口づけ。

それを額に落とすと、不思議なことに、触れた場所が淡く光ったような気がした。

そしてレスターのつらそうな表情は、ほんの少しだけ和らいだのだ。

第三章　汝《なんじ》、呪われし者

屋敷に帰ると、待ち構えていたエドと使用人たちがレスターを奥の広間へ運んだ。

漆黒の扉で守られた広間は、シェリルとレスターが結婚式を挙げた場所だ。

「……時間がかかっていますね」

傍らのアリスがつぶやき、シェリルは自分の手と手をぎゅっと組み合わせる。

二人は通廊に設置された真っ黒なベンチに並んで座り、運び込まれたレスターがどうなったのか、続報を待っていた。小窓から差し込んだ光が足下に躍るのを見つめ、シェリルは祈るように組み合わせた自分の指を見下ろしてつぶやく。

「お怪我《けが》、ではないのよね？」

「病のように見えましたね。ひょっとしたら、夜しか活動しないのは、お体に合わないからなのかも……」

「私も、そう思ったわ。私、あの方の体のこと、何も知らなかった……」

シェリルはつぶやき、ぎゅっと目を閉じた。

アリスがそんな彼女を心配そうにのぞきこんだとき、ぎぃ、と広間の扉が開く。

「思った以上に酷《ひど》い状態ですね。昼の光をたっぷりと浴びたらしい」

出てきたのは医者——ではなく、少々疲れ顔のエドだ。

「あの方、今日は珍しく真っ昼間に起きてきたと思ったら、何も言わずに馬車を出したんで、びっくりしたんですよ。奥さまを助けに行ったんだそうですね。相当痛いはずなんですが」

「痛い、のですか？　レスターさまは、日の光に当たってはいけない病気……？」

シェリルが聞くと、エドは、うーん、と言葉を濁す。

「そんなようなものですかね。蠟燭やランプの明かりなら少々まぶしいくらいで済むでしょうが、日の光はいけません。あれは目を灼《や》き、肌を灼きます。ほとんど何も見えないでしょうし、肌を針で突き刺されるような痛みがあるはずだ」

「……っ」

シェリルは息を呑《の》み、アリスは難しい顔をした。

「でも、先ほどのレスターさまは、昼の街中で鮮やかに剣を使っておられました」

アリスの言葉に、エドは目をまん丸にする。

「剣を？　昼に、野外で？　それが本当だとしたら、執念ですよ。人間の執念だ」

「……あの。レスターさまのご病気には、治療法はあるのでしょうか？　夜に活動するのを徹底していれば、苦しくはないのでしょうか？　お薬は？　お医者さまを呼ぶ必要は……」

シェリルが思わず身を乗り出して聞くと、エドはさりげなく目を伏せて会釈した。

「そのことに関して、僕の口からお答えすることはできません。公爵閣下に、直にお話をなさるほうがよろしいかと」

「……！　レスターさまは、もう、お話しできるような状態なのですか」

「さきほどよりは落ち着いたはずです。どうぞ」

エドは扉の前からどくと、礼儀正しく一礼する。

シェリルはすぐに扉に飛びつこうとし、アリスがそれを追う。

「シェリルさま、私もご一緒に――」

「シェリルさまおひとりで願います。ご夫婦の間でしか明かせないことはあるものです。あなたも男爵家に仕えて長いなら、それくらいおわかりでしょう？」

「…………っ」

アリスは何か反論しようとしたが、結局のところ険しい顔で口を閉ざす。

シェリルは二人を見比べ、そっとアリスの手を握る。

「ありがとう、アリス。気持ちは嬉《うれ》しいけれど、ここはひとりで行くわ。レスターさまも、弱っているところをあまりたくさんの相手に見せたくないのかも」

シェリルが囁《ささや》いたのは、シェリルにもこの屋敷の流儀がわかりかけていたからだ。

レスターが評判通りの常闇の公爵だなどとは思いたくないし、思わない。だが、彼に秘密が多いのは本当だ。エドはレスターの秘密を、シェリル以外に漏らしたくないのだろう。

「わかってくれる？　アリス」

口には出せない諸々《もろもろ》を視線に載せて言うと、アリスは眉間に皺《しわ》を寄せて一礼する。

「……わかりました。こちらでお待ちしております。いつでも、お呼びください」

後ろへ下がるアリスに頷《うなず》きかけ、シェリルは両開きの重い扉を押した。

きぃ……と、軽いきしみと共に大扉が開き、ひんやりした空気が流れてくる。

「レスターさま。シェリルです」

そっと声をかけるものの、返事はない。

（レスターさまは……あそこね。奥のほうに、寝台がある）

大広間は、結婚式の日と同じように暗かった。

いや、あの日よりも暗いかもしれない。ともっていた無数の蠟燭はなくなり、最奥部分に設置された黒い寝台の枕元にだけ、老いた鹿の角みたいに枝分かれした燭台が置かれていた。

足下も、天井も見えない闇の中を、シェリルはおそるおそる歩く。

寝台の枕元まで行くと、燭台の明かりがぼんやりと青ざめたレスターの顔を照らしていた。

ほどかれた黒髪が白い枕の上に零《こぼ》れ、青ざめた薄い瞼《まぶた》が瞳の上にかかっている。

馬車の中よりは多少落ち着いた様子だが、まだ顔色は最悪だった。

（唇が、夕暮れの空みたいな色をしている）

おつらいのだろうか、苦しいのだろうか、とベッドの端から顔をのぞきこんでいると、紫色の唇が不意に動いた。

「……シェリル？」

「っ、はい、私です。おかげんいかがですか、レスターさま」

驚きつつも、シェリルは寝台の横に膝を突いてレスターの横顔を見つめる。

レスターは目を閉じたまま、わずかな沈黙を置いてから続けた。

「エドが、入っていいと、言ったのか」

「そう、です。レスターさまの病状を聞きたいと言ったら、直接答えてくださると。あの、でも、おつらければ話はあとで！　回復することを一番に考えていただいて」

「エドに……君だけはここに入れるなと、言っておいた……」

低く力ないつぶやきに、シェリルは息を呑む。

「私、は、お邪魔ですか」

わずかに震えながら、シェリルは囁く。

「邪魔だ」

レスターは即答だった。

あまりにもはっきりした否定の言葉に、シェリルはぎゅっと目を閉じた。

（こわい）

強すぎる拒否の言葉がこわい。彼に要らないと言われてしまったのが痛い。

荒い呼吸を繰り返し、シェリルは指を組み合わせる。

(でも、待って。お願い、もう少し待って、シェリル)

弱ってしまう自分の心を、必死になって引き留める。

自分は、自分が見てきたものを、感じたものを信じたい。そうやって生きてきたはずだ。

レスターに関してだって、そう。

男爵家の家族たちやアリスが語っていた、レスターの黒い噂《うわさ》。バートンが忌ま忌ましげに呼んだ、レスターの名。贈られなかった肖像画。常闇の公爵という忌名。

彼の噂は真っ黒だ。

一方の彼自身は？　シェリルが見てきた彼は、どうだった？

結婚式のときに現れた彼。

自分を抱き上げた彼。

柔らかな唇をあわせてくれた彼。

昼日中に自分の肩を抱き、守ってくれた彼。

真っ青になってシェリルの肩を借りていた彼。

そして――あの夏。青空を背に、シェリルの指にハンカチを巻いてくれた、彼。

ひとつひとつ思い出していくうちに、シェリルの心の痛みは少しずつ軽くなっていった。

冷えていた体が段々と温度を取り戻し、自然と深い呼吸ができるようになっていく。

大丈夫、と、シェリルは思う。

大丈夫。

（私は、このひとを信じる）

そう決めて、シェリルはゆっくりと目を開けた。

「レスターさま。それなら、私は私でなくなります」

「ああ……？」

怪訝《けげん》そうな声と共に、レスターの目も薄らと開く。その目がすっかりと夜の闇を映しこんだ黒になっているのを見ながら、シェリルは慎重に続けた。

「シェリルが邪魔でしたら、私のことは使用人かなにか――もしくは、そのへんの彫像だとでも思ってください」

「……何を言っているんだ、君は」

「わがままを、言っております」

シェリルは言い、そっと微笑《ほほえ》む。

レスターの目が、わずかに見開かれた気がする。

その目から視線を逸《そ》らさないで、シェリルは刻むように告げる。

「私、あなたのどんな姿を見ても、幻滅したりいたしません。最初から幻を見ておりませんから。これからも、そう。あなたがおつらいなら、無心に看病いたします。言うなと言われたことは漏らしません。だから、どうかここに置いておいてくださいませんか」

「シェリル」

「こんな私は、愚かで、反抗的な妻です。最悪です。わかって、います」

「シェリル」

レスターの声に淡いいらだちが宿る。

嫌われるかもしれない、と、シェリルは思った。

レスターが隠したいと思っている秘密に、自分は踏み込んでいる。ぶしつけだ。嫌な奴《やつ》だ。

――でも。

「嫌われても仕方ありません。それでも、私は、あなたの側に、いたいです。あなたがつらいときこそ、そばにいたい。うぬぼれかもしれませんが……あなたは、私のために、つらい思いをしていらっしゃる。それが、つらい。つらくて、苦しくて……」

深くうつむいて、シェリルはつぶやく。

「少しだけ、嬉しいのです」

（ああ、言ってしまった）

握った自分の手を、心臓の位置に当てる。じわり、熱が心臓から広がっていく。

そうだ。自分はけして清らかな気持ちでここにいるわけではない。

街中で男たちに囲まれたとき、レスターが来てくれて、自分は嬉しかった。

大変なことになるとわかっていただろうに、それでも来てくれたのが嬉しかった。

胸の奥ににじみ出す罪深い甘さを罰するために、ここにいたい――。

そう思ったとき、胸を押さえた自分の手が淡く光った気がする。

同時に、頭を抱え込まれた。

「……!?」

大きな両手で抱き寄せられ、乱暴に唇が重なる。

重なった途端に舌がねじ込まれる、奪うような口づけだった。

「んっ……ふっ」

呼吸を奪われ、とっさに逃げようとした舌も絡め取られる。そのまましごきあげるように舌で愛撫《あいぶ》されると、急激に官能の記憶が蘇ってきた。

(あつい、口、が)

口の中が熱くなり、そのまま体の芯に、じーん……と熱が染み通っていく。

蹂躙《じゅうりん》され続ける口を閉じることはできず、唇の端からとろとろと唾液が零れた。

「あ……は……っ」

やっと息継ぎができたころには、シェリルの目はすっかりと蕩《とろ》けている。

上半身を寝台に起こしたレスターは、シェリルの両頬を力強くとらえて、至近距離から彼女の目を見つめる。

「シェリル、君は愚かだ」

うなるように告げる声が鼓膜を、心臓を震わせる。

シェリルは何度か、浅くうなずいた。

(そのとおりです。私は、愚かもの)

そんなシェリルを見つめるレスターの秀麗な顔が、かすかにゆがむ。

「俺はもっと愚かだ」

独り言めいたその言葉は、一体どういう意味だったのだろう。

よくわからないうちに、シェリルは寝台の上に引きずり上げられていた。

うつぶせにされたせいで、顔が枕に埋まる。息が苦しい、と思って顔を横に向けようと思ったけれど、その前に首根っこを掴《つか》んでぎゅっと押しつけられてしまった。

しかも太ももあたりに座りこまれてしまい、ほとんど動けなくなる。

どくん、と大きく心臓が鳴り、シェリルは小さく震えた。

その震えは、レスターにも届いたのだろう。

「ああ……くそ、いいかげんにしろ……」

独り言めいた呪いの言葉がレスターの口から漏れ、首根っこをつかんだ手の力が緩む。

シェリルは横を向いて呼吸をし、横目でそっとレスターの様子をうかがった。

シャツと乗馬用の下履きという姿の彼は、深くうつむいて歯を食いしばっているようだ。

「レスターさま……？　どこか、痛みますか……？」

「どこか痛む？　はっ、馬鹿馬鹿しい！」

レスターは吐き捨てるように言い、歯がみをする。

「シェリル……今ならまだ、逃げられる」

「逃げる？　どこへ逃げろと、おっしゃるんです……？」

「遠くじゃない……扉の向こうまででいい。とにかく、俺以外の、他の、まともな人間がいるところまでだ。俺の側にいるな。こうなったときの俺の側にいるな……酷い目に遭う」

彼の言葉は乱暴なようで、語尾がかすかに震えていた。

大変な意思の力で発せられているのがわかった。

そして――首を軽く押さえたままの手のひらが、熱いのも、わかった。

熱いのは、シェリルの体も同じだ。少々乱暴な扱いをされていても冷えることなく、とくとくと心臓が音を立てている。さっき口づけでもらった熱も、体の芯に、まだある。

(だったら、大丈夫)

シェリルは心を決めて、かすれがちな声で囁く。

「私は、逃げません」

「何度言わせる？　俺は」

「レスターさまこそ、何度言わせるのです？　私は、何をされても構いません……！」

柄にもなく強く言うと、びくり、とレスターの手が震えた。

その手はまだしばらく迷っていたが、やがてシェリルの上から去って行く。

太ももにかかっていた重さも消えた。

一瞬さみしいと思ってしまう。

が、代わりに背中に強い視線を感じる。熱をおびた、レスターの視線だ。

「――腰を上げろ。獣のように這《は》え」

夜の底を這う声が、苦々しく命じてくる。

これが、淫靡《いんび》な命令なのはわかっていた。でも、心は特にひるまなかった。

（もう、逃げろとは言われない）

そのことがあまりにも嬉しくて、シェリルは従順に寝台の上で四つん這いになり、高く腰を上げた。お忍び外出用の大人しいドレスをたくしあげると、レスターの指が容赦なく尻を掴んだ。

「ん、う」

小さな絹の下着を身につけただけの尻を、容赦なく揉《も》みこまれる。

レスターのきれいで長い指の間で、自分の肉が自在に形を変えているところを思うと、それだけで足の間に、じん……と鈍い快感が生まれた。

「……蜜の匂いが、する。これだけで濡《ぬ》れるのか」

レスターの囁きに、腹の奥がきゅっと縮こまるような感覚がある。

「ごめん、なさい、私――」

「ひょっとして、触れられる前から？」

心を直接撫《な》でるような声で問われると、ますます腹が切なくなった。

切なさはそのまま蜜へと代わり、とろり、と足の間から零れて下着を濡らす。

その間もレスターの指は白い尻を掴んでいるから、ともすれば蜜の気配を察せられてしまいそうだ。

「く、ちづけ……口づけが、甘くて」

シェリルは必死にいつも通りの声を出そうと努力する。

指から逃げようと、自然と腰が揺れるのがわかる。

その動きのせいで、逆にレスターの親指がするりと足の間に入ってしまう。

「ひゃ、ぁんっ……！」

濡れた絹を親指で撫で上げられて、シェリルはあられもない声を上げた。

つややかな布越しの刺激が背筋まで這い上がってくる。

逃げたい、のに、しっかり掴まれていて逃げられない。そのことが、少し嬉しい。

「口づけが好きならば、もっとやろう」

甘くて重い囁きと共に、下着の紐《ひも》に食いつかれたのがわかる。

紐をほどかれ、蜜で秘花に張り付いていた絹が引き剥がされる。

糸を引いたような感覚に、シェリルの顔は火が点《つ》いたように熱くなった。

「うう……んっ、ふぁっ……!?」

赤くなった顔を枕に埋めていると、秘花に柔らかく濡れたものが当たる。

(これ……レスターさまの、舌……?)

気づくのとほとんど同時に、濡れそぼったそこを舌で丁寧に舐《な》め上げられた。

「ひぅっ、や、やぁ、そんなところっ……！」

「口づけが好きなのだろう?」

「そ、そこは、違いますっ、あぅっ」

ぎゅうぎゅうと枕にしがみついて叫ぶものの、レスターの舌は止まらない。

すでに蕩けかけた秘所の襞《ひだ》を、一枚一枚口に含んでは柔らかく愛撫していく。

すっかりレスターの存在を覚えてしまったそこは、一見しとやかでも愛されればすぐに花開く。襞の奥の唇も薄らと開き、甘い蜜がとろとろと零れていく。

「ひくついて、震えている……甘いな」

「しゃ、べら、ないでぇっ……！」

秘花の花びらを舌で愛撫しながら喋《しゃべ》られると、予想できない快感に襲われた。

淫猥《いんわい》な濡れた音が響き、シェリルは柔い刺激に晒《さら》され続ける。

やがて指でぐっと尻を開かれ、とがらせた舌が秘唇の中まで侵入してきた。

「あっ、あ、あっ……！」

肉厚の舌が割り込んでくる感触は、彼自身で割り広げられるときを連想させる。

体はすぐに反応して、中に入ってきたものを、奥へ、奥へと導こうとし始める。

彼がくれるものがただの異物ではなく、気持ちのいいものだと覚えてしまっているのだ。

（っ、でも、足りないっ……）

体が勝手に期待したものより、実際入ってくるものは優しい快感しか与えてくれない。

それでも、濡れきった内壁を舐めるように舌を動かされれば、粘膜同士のふれあいが痺《しび》れるように気持ちよくて背筋がびくびくと震えた。

（きもち、いい、きもち、いい、でも、お腹《なか》が、虚《むな》しい）

シェリルは、はあはあと荒い息を吐く。

舌で気持ちよくされればされるほど、奥が虚しい。

結婚するまでそこに何があるか意識することすらほとんどなかった、腹の中。

そこに今は空洞があることがわかる。空っぽだから埋めてほしい。

「れ、すたー、さまっ」

もつれる舌でどうにか名前を呼ぶと、ちゅるりと音を立てて舌が出て行く。

「どうした？」

先ほどよりも艶を増した声が、わずかにからかうように聞いてくる。

今のシェリルには恥ずかしいと思う余裕もなく、とにかく枕の隙間から声を絞り出した。

「な、なか、が、虚しくて……あの」

「虚しいから、どうしてほしい」

「入れて、ほしい――の、です」

必死にそう哀願してみると、ずちゅりと音を立てて何かが蜜洞に差し入れられる。

「んんっ！」

「これでいいのか？」

揶揄《やゆ》するように言い、レスターはシェリルの中をくじった。

蜜でとろとろに仕上がった肉筒に差し込まれたのは、レスター自身ではない。

彼の形よく長い指だ。多分二本だろうとは思うが、心許《こころもと》ない太さに思えた。

「あっ、ちがっ……んぅぅ……！」

必死に首を横に振るものの、レスターの指はじゅぷじゅぷと音を立てながらシェリルの内壁を擦っていく。太さはなくとも、彼の指は巧みだ。

柔らかなシェリルの中をまんべんなく探るようにするので、意外なところで、ずぅん、と腹に重い快感が溜《た》まってしまい、は、は、とシェリルは荒い息を吐いた。

「違う、ということは、抜いたほうがいいんだな？」

「ま、っ、て……」

「抜くのも嫌か。ここが気持ちいい？」

シェリルの反応がよかったところでレスターの指が鉤《かぎ》のように曲げられ、腹の奥を刺激するように内壁を押し込まれる。じわ、じわ、と強い快感が腹に響き、中がひくつく。

同時に目の前がぼうっとし始め、シェリルはうなされるように言う。

「き、もち、いい……かも、しれません……」

「かもしれない。なら、こうだな」

シェリルの返事の曖昧さが気に食わなかったのか、レスターは長い指を中に挿入したまま、親指でぬれそぼった花芽を押しつぶした。

途端に鋭い快感に貫かれ、シェリルはつま先までをびくんと震わせる。

「ひ、んっ！　そ、こっ、や、ぁあ、んっ……！」

「中は健気《けなげ》に締めている」

「だ、だって、すぐ、ダメに、なっ、や、ぁ、だ、め、え……！」

何か言おうとしても、ぐりぐりと感覚の固まりを押し込まれると、シェリルの腰はがくがくと動いてしまう。さらに蜜が零れて、中に入った指が立てる音も大きくなった。

濡れた音はそのまま脳に沁《し》みて、まともな思考を溶かしてしまう。

「ふ、っ、う、む、むり、きもち、い」

「気持ちいいのと無理なのと、どちらが本当だ？」

「どっち、もっ……！」

たらりとシェリルの白い額から汗が零れる。

レスターの指が、短く切られた爪の先が、花芽の裏筋をかりかり、とひっかいた。

「ひっ、あ‼」

あっという間に小さな頂点を極めさせられ、シェリルは背を逸らして息を止める。

レスターはその背の曲線をじっと見つめて、少し暗い声で囁いた。

「気持ちいいのも本当なら、もっとしなくては」

「もっ、と……？　な、に？　う、あっ、や、ぁん……っ」

答えが朦朧《もうろう》としてきたところを、さらに追いこむようにレスターの指が増える。

三本を中につっこみ、中を押しながらぎゅうっと花芽を押しつぶされると、逃げられない類いの快感が下半身から全身を痺れさせる。

真っ白な快感の風に巻かれたようで、シェリルは懸命に枕にしがみついた。

「い、って、る……いっ、て、ま、す、れすたー、さまっ……！」

「――上手に言えた」

賞賛の声が降ってきて酷く嬉しい、嬉しいけれど、それどころではない。

まだ快感が体の中から去って行かない、全身痺れて苦しい。足の指で敷布を掴み、どうにか暴れる快感を逃そうとする。はひ、はふ、とどうにか呼吸を取り戻そうと必死になる。

何度も呼吸をすれば、どうにか快感の沼から戻ってこられる――。

そう思ったとき、どちゅん、と重い衝撃が下半身を襲った。

「ひっ、ぃ……‼」

今度こそ喉が詰まり、呼吸が止まった。

頭の中が白くなり、腹の熱さだけが生々しく感じられる。

燃えている。さっきまで虚《うつ》ろだった場所が、猛烈に、燃えている。

(な、に)

何があったのか、とっさにわからない。

わかったのは、中に収まったものが、ずるる……と、一度引きずり出されたときだった。

(は、入って、る。レスターさまの……)

それこそ獣のように腰だけ上げた姿で、双方半分服を着たまま、繋《つな》がっている。

認識してしまうと、忘れかけた羞恥が首をもたげた。

しかしそれ以上反応する前に、もう一度熱い剛直が最奥目指して突き込まれる。

「あうっ……！」

シェリルの襞をすべてえぐるようにして、レスターのそれは中に全部収まった。

さっき指で刺激されて目覚めた性感帯が力強くこそげられ、痺れがびりびりと広がる。

最後にばちゅんと肉と肉があたる音がして、すべてをねじ込まれたことが耳からもわからせられてしまう。

（おなか、あつい）

どこからどこまで、ぴったりと満たされた感覚。

嬉しすぎて、頭の中がバラ色になっていくような気がする。

そんな幸福感が漏れるのだろうか、シェリルの中は生き物のようにうごめき、長大なレスターのものを愛《いと》しげに食い締めた。

「っ……すっかり、俺に媚《こ》びるようになった」

背後から、レスターの欲に浸った声がする。

認めてもらえたような気がして、嬉しくて、シェリルは愛らしく尻を揺らす。

「うれ、し……あ、んっ……！」

甘く囁くと、お仕置きのようにもう一度強く突きこまれた。

ごつっ、と音がしそうなくらい奥に入れられて、行き止まりをレスター自身の先で嬲《なぶ》られる。

重く鈍い、生まれて初めての感覚が腹の奥から湧き上がり、シェリルは声をなくしてははあと呼吸を繰り返した。

（痛い、わけではない、けれど……何？）

苦しさに近い気はする。でも、本当に嫌なわけではない。

この重さの向こうに、得体の知れない感覚があるような気がする。

「誘うな、おかしくなる……」

シェリルを黙らせたレスターは、なおもしばらく執拗《しつよう》に奥をなぶってきた。

「ん、う、うう……っ」

ごつ、ごりゅっ、と奥を突かれていると、シェリルの額には新たな汗が浮く。

支配されている、と、強く感じた。

最初に再会したときから、暗い瞳をしながらも優しかったレスター。

籠に入れるといいながら、シェリルが求めないかぎり手を出そうとはしないレスター。

でも、今は違う。

シェリルが自分では触れられない、体の奥の奥を、レスターのものが蹂躙している。

そう思えば思うほど、腹の奥がかあっと熱くなる。

(あげます、レスターさま。私のこと、ぜんぶ。私の体、ぜんぶ)

求めてくれるのが嬉しくて、自分ではどうにもならないところを明け渡すのが気持ちよくて、
シェリルは心の中でそんなことを繰り返し考える。

レスターはしばらく最奥を責めたのち、再び大きく腰を引いた。

「あ、あ、うっ」

抜かれるときも、柔らかくなったシェリルの媚肉はレスター自身を逃すまいとからみつく。

それを振り切るようにぎりぎりまで抜かれるのが、気持ちよくてたまらない。

最後の最後、一番太く張り出したところで秘唇が広がり、全部抜けてしまいそうな予感にシェリルが小さな悲鳴をあげた。

「やっ！　嫌、ぁ、あああぁっ……！」

「何が嫌だ？　言ってごらん、シェリル……っ」

ぐぽり、と音を立ててレスター自身がシェリルの中に戻り、一気に最奥までを貫く。

大きな動きが体の奥底まで響いて、シェリルは細切れの悲鳴を枕に聞かせることしかできなくなってしまう。

男の動きは段々と激しく、本能的になっていった。

シェリルを楽しませるためというよりも、自分が達するための動きだ。

緩急をつけながら、絡みつくシェリルの肉を楽しんで自分の欲を高めていく。

その、いささか乱暴で予想不可能な動きがまた、シェリルを官能の風に包み込んだ。

唐突なつむじ風に巻き込まれ、体ごと巻き上げられては、すとんと落とされる。

「あ、あん、あっ、ううっ、あ、もう、おなか、おかしっ……」

「おかしくなれ、シェリル。俺は、とうにおかしい……！」

吐き捨てるような言葉と共に、中の感じるところが強くえぐられた。

びりりっと快感が走って息が止まり、枕に突っ伏す。

ふ、と意識が揺らいだのと同時に、レスターの動きが止まった。

体の奥がじわり、と温かくなった気がして、シェリルは枕の間で小さく息をする。

レスターが、中で果てたのだ。

ほどなく、深いため息と共に、ずるりと中からレスターが出ていくのがわかる。

シェリルは崩れそうになりながらも、どうにか尻を上げた姿勢を保ちながら、横目でレスターのほうをうかがった。

「レスター、さま」

「なんだ」

レスターは身なりを整えながら、淡々と答える。

「腰を、下ろしても、よろしいでしょうか?」

シェリルは快楽の痺れの余韻でうまく回らない舌で、どうにかそれだけを言った。

腰を上げていろというのは、レスターの命令だ。

解除されていないかぎりは、できれば守っていたい。

シェリルの考えはレスターには意外だったようで、彼はわずかに目を瞠《みは》り、次にほんのかすかな笑みを唇に載せる。

「あんまりかわいいことを言うと、もっと酷いことをしそうになる。――下ろしなさい」

「はい……」

（あなたなら、してもいいのに。もっと酷いことだって）

シェリルはおずおずと敷布の上に体を横向きに横たえ、ドレスの裾を整えた。

レスターの指が近づいてきて、背中にあったドレスを止める金具をひとつ、ふたつ外してくれる。それだけでも大分呼吸が楽になり、シェリルは思わず深呼吸をした。

レスターはそれを、目を細めて見つめる。

「すまなかったな。最初にこうしてやるべきだった」

優しく大きな手でストロベリーブロンドを撫でながら、穏やかな声で彼は言う。

シェリルはまだ快楽の余韻にさいなまれながら、目を細めて彼の手を受けた。

「いえ、その。無理を言ったのは、私のほう、ですから」

「煽《あお》った自覚はあったわけか。とんだ奥方だ」

冗談めかして言うレスターの口調は、大分いつものもの余裕あるものに戻っている。

（声も、だし。顔色も、少しよくなったみたい。……体調が悪いときに交わって、お疲れにならなかったのかしら？）

普通だったら、体調が悪いときに妻を抱きたいとは思わないだろう。

だが、目の前のレスターは明らかにシェリルを抱く前より健康そうだ。

不思議、と思いながらシェリルがレスターを見上げていると、彼はすべてを見透かしたように黒い目を細める。

「──何か、疑問か？」

「はい。あの……レスターさまの、ご体調のことが。少し、調子がよくなられましたか？」

慎重に聞いてみると、レスターは口の中で、そうだな、とつぶやいた。

「……君に、隠しておくものでもないのかもしれない」

レスターは寝台の上にざっくりと胡座《あぐら》をかき、その膝に肘を突いて顎を支えて視線を薄闇に彷徨《さまよ》わせる。貴族とは思えない所作だったが、それゆえ逆に男らしくもある。

シェリルは少々どきりとしてしまった。

彼はしばらく考えこんでいたが、やがて、言葉を選んで話し始める。

「シェリル。この屋敷が元々、先代皇帝の終《つい》の棲家《すみか》だったことは聞いているか」

「はい。エドが、教えてくれました」

「エドが、か。そうだろうな。教えるならば、奴しかおるまい」

レスターは一度言葉を切ってから、淡々と続ける。

「……先代皇帝は呪われていた」

「呪い」

シェリルは口の中で繰り返し、そうっと寝台の上に体を起こした。

これから明かされることは、横たわったまま聞くようなことではない気がしたのだ。

ずり落ちそうになるドレスを抱えながら、シェリルはじっとレスターを見る。

レスターの視線がシェリルに戻り、わずかな笑みを含んだ。

「本当に呪いなんてものがあるの？　とでも言いたそうな顔だな」

「れ、レスターさまはひとの心が読めるのですか？」

低い笑い声を立ててから、レスターは、すっと真剣な顔になる。

「呪いの話は、皇帝の家系に近い者にしか知らされない。君は俺の妻となったのだから、知ってしかるべきだろう」

元々心臓に響くような美声が、ことさら重々しく続ける。

まるで、叙事詩を語るように。

「話は、帝国建国のころまで遡る。初代皇帝が大陸を統一するとき、数々の苦難を乗り越えるため、光明神《こうみょうしん》の力を借りに光の神殿へと旅だった。皇帝は無事に神殿に到達し、大陸に光を点《とも》すために力を貸してくれるようにと奏上する。しかし、光明神は断った。『ひとの争いに神々が介入するのは、天の乱れを引き起こす』と告げたのだ」

（幼いころから聞いている話に似ているわ。でも、少し違う）

皆が聞かされる帝国建国の神話は、皇帝が無事に光明神から星の光を借りた、という単純なものだ。しかしレスターが語る神話には続きがあるらしい。

「意気消沈した初代皇帝に、闇の中から忍び寄った者があった。それは光明神と敵対している常闇《とこやみ》の神であった。常闇の神は告げた。『私は光の神に追放された十三番目の弟である。光の宮殿の十三番目の扉をお前のために薄く開けておいてあげる。そこから忍び込んで星の光をひとつ持ち出すように。その光は私がかつて与えられ、取りあげられたものだ』」

常闇神、の名を聞くと、シェリルの胸はきゅっと痛む。

「常闇神……？　冥府に住むという悪神、ですよね……？　そんな神が、初代皇帝と……？」

思わずシェリルが口を挟んでしまったのは、あまりに意外だったからだ。

常闇神は、名を口に出すことすらはばかられる死の象徴の神である。

それがまさか、輝かしい建国神話に関わっているとは……。

少し前のめりになったシェリルをちらと見遣《みや》り、レスターは浅くうなずく。

「そう。これは皇帝の血に隠された、もうひとつの神話だ。皇帝は星の光を盗んだ。その光は地上に持ち帰ると宝石となり、いかなる夜もまぶしく照らすことができた。その光に敵はおびえ、味方は奇襲を成功させ続けた」

レスターの話は続き、神話は表向きの建国神話へと合流していく。

しかしそのあと、レスターの黒い瞳は、さらに黒さを増したようだった。

「皇帝は大陸統一を成し遂げるが、そのとき常闇の神が現れて言う。『お前の持ち出した星には戦いの中で穢《けが》れてしまった、このままでは暗黒よりも暗くなって世界を呑《の》み込《こ》む。それを防ぐには、星の穢れをお前が背負わねばならぬ。お前だけでかなわぬなら子々孫々まで穢れを背負っていくがよい、穢れの数はお前が滅ぼした国の数である』と」

「…………っ！」

シェリルは目を瞠り、言葉をなくす。

レスターは目を伏せて告げた。

「これが、皇帝一族にかかった呪いの正体だ」

「そ……そんな……そんなの、だまし討ちみたいな話ではありませんか！　常闇の神のほうから光を貸してくれると言ったのに！」

レスターの語る通りなら、光明神も常闇神も勝手すぎはしないか。

シェリルはやり場のないもやもやにきゅっと唇を噛《か》んだ。

レスターはそんなシェリルの様子を見ると、そっと右手を伸べる。噛まれた唇をほどくように、シェリルの顎を取ってなでながら、彼は言う。

「神というのは絶対的に人間の上位にある存在だ。取り引きするときには気をつけなくてはいけないのだろう。――以降、皇帝の血筋には呪いがつきまとう。呪われた星の宝石を持つ者は日の光を浴びることができなくなり、夜に生きる生き物となるのだ」

日の光を浴びられず、夜に生きる。まさに、レスターの生活だった。

「レスターさまは、その……呪い、を、受けていらっしゃる……？」

問いながらも、そうではない、という答えを期待していた。

だって、そんなのは嫌だ。愛しいひとが、やっと出会えた憧れのひとが、よりによって悪神の呪いを受けているだなどと、できることなら信じたくはなかった。

だが、現実は残酷だ。レスターは静かにうなずく。

「そういうことになる」

シェリルはうっすら唇を開けたまま、言葉を失った。

レスターは、不思議なくらい淡々と続ける。まるで、他人事みたいに。

「父も同じ呪いを受けていた。帝位に就きながら呪いを背負うのは、苦行だ。昼に表に出られないときは影武者を立て、それでも難しいときは痛みを堪えて自分で外に出た。無理をして、無理をして、最後には心も体もぼろぼろになってこの屋敷にこもったのだ」

「そん、な……」

「父が死に、呪いの宝石を誰が継ぐかが問題になった。母の位からして、皇位を継ぐのは異母弟とおおよそ決まっていた。――かわいく、賢いひとだ。俺は、皇位を弟に、己に呪いを受け継がせてほしいと言った」

「ご、ご自分から⁉」

シェリルはほとんど悲鳴みたいな声を出す。

レスターは驚いたようにシェリルを見たあと、面白そうに微笑んだ。

「意外か？　君と出会ったときには、もう決まっていたことだった」

言われて、シェリルの脳裏にあの青空が蘇る。

花畑で泣いていた自分と、自分を見下ろしていたレスターと。

懐かしい、ただただ幸せな記憶、の、はずだったのに。

「そんな……そんな、あのころはまだ、レスターさまだって子供だったじゃないですか！」

なんで、と思う。なんで。どうして。

わけもわからず泣きそうになりながら、シェリルはレスターに向かって言いつのる。

レスターはなぜか、少し嬉しそうにそれを聞いていた。

「皇帝の息子に生まれて、子供でいられる時間などほんのわずかだよ」

「っ……」

シェリルは涙目になって、レスターの胸にすがる。

レスターは彼女をそっと抱き寄せ、愛しげに髪を撫でながら続けた。

「当時はまだ呪いがそこまで進んでいなかったから、今よりはマシだった。それでも、呪いは俺をむしばみ続けていたのは確かだ。日の光は眩《まぶ》しすぎたし、肌に刺さった。ただ……。君に触れたとき。特に君の血に触れたとき、なぜか、呪いの効果は薄まった」

「……え？」

意外な言葉が聞こえた気がして、シェリルは少しだけレスターの胸から顔を上げる。

見上げれば、レスターと目があった。

さっきより大分顔色のよいレスター。彼の呪いがシェリルの血でマシになったというのは、あの花畑でシェリルが怪我をしたときのことだろう。

「それは、まさか、私の血に、何か力がある……ということ、ですか？」

信じられないような気持ちで聞くと、レスターはシェリルの額に軽く口づけて言う。

「君の血にも、君の体にも、おそらくは呪いを清める力が宿っている。君を初めて抱いたとき、確信があった。だから今も大分楽になった。助かった」

口づけの合間に囁かれ、シェリルはしばし固まった。

胸の奥がじんじんする。さっきまで痛んでいたところが、耐えがたいくらい痺れている。

これは、喜びなのだろうか。そうかもしれない。

でも、もっと、ひりひりするものなのかもしれない。

(このひとが呪われているなんて、嫌。嫌だけれど、私が呪いを軽くできるのは――嬉しい。そう、私、多分、嬉しいんだ)

胸の痺れが、だんだんと感情の形になってくる。

嬉しい。このひとの役に立てて嬉しい。

このひとを助けられて嬉しい。

このひとのところに来られて、本当に、嬉しい。

レスターの腕はまだシェリルを抱いていて、愛しげな口づけは頬にも、首筋にも落ちる。

「奇妙な話だと思うだろう、シェリル。君が俺を救える理由はわからない。再会するまで、君にそんな力があるという確信もなかった。信じてもらえなくても仕方ない――」

「信じます」

「シェリル？」

少し驚いたように名を呼び、レスターが顔を離す。

シェリルは目の前のレスターの顔を、両手でそっと挟んだ。

そうして真っ向から彼の瞳を見つめ、言葉を注ぐ。

「私は私の見たものを信じます。日の光でレスターさまがおつらそうだったのも、私とこうしていて、さっきよりずっと具合がよくなられたのも、本当のこと。だったら、それでいいではないですか」

「いや、しかし……あまりにも曖昧な話だろう」

「曖昧というなら、病気と薬だって曖昧です。どうしてなるのかわからない病気がたくさんある。薬が効く理由も、よくわからない。だから今回も、レスターさまは呪いという病気にかかっておられて、レスターさまの薬が私だったというだけではありませんか」

一息でそこまで言い切って、じっとレスターの顔を見る。

レスターはそんなシェリルの目をまじまじと見つめ返し、どこか苦いものを噛んだように眉根を寄せた。

「君はやはり、少し変わっているな」

苦い表情は、かすれた囁きは、一体どうしてなのだろう。

少し引っかかりはしたけれど、今のシェリルの胸にはさっきの嬉しさがあふれている。

「変わっているかもしれません。私……公爵夫人になったことより、あなたの薬であったことのほうが、一万倍も嬉しいですから」

シェリルは囁き、ぎゅっとレスターの首に抱きつく。

子供みたいにレスターの肩に顔をすりつけると、レスターの手は一瞬迷った。が、結局、とんとんとシェリルの背を叩《たた》いてくれる。まるであのころの少年少女に戻ったような気持ちだ。でも、もちろんまったくあの頃と同じではない。

(レスターさまの体、まだ、少し熱い)

熱い手で背をさすられていると、シェリルの体ももう一度熱さを取り戻していく。

自分の腰が自然と揺れるのを感じて、シェリルはレスターの耳元に囁きかけた。

「……あの。レスターさま、もう、すっかり具合はよいのでしょうか。もしも、まだ痛みが残っているようでしたら、私、その……」

「その、なんだ?」

囁き返してくるレスターの声が、甘い。彼もきっと、同じ気持ちなのだと思う。

一度強く唇を噛んで羞恥を殺してから、シェリルは告げる。

「も、もう少しなら、頑張れるかと」

「頑張れる。そうか、頑張ってくれるのか」

笑い含みで低くなる、レスターの声。

その声だけで頭がくらくらして、シェリルは何度もうなずいた。

「はい……お嫌でなければ」

「嫌なものか。本当は、毎日朝まで抱きたい」

レスターは体を押し離して言い、改めて深くシェリルに口づけた。

口づけながら、熱い手がシェリルのしなやかな体からドレスを剥《は》がしていく。

自分でもそれを手伝いながら、シェリルはレスターのシャツの貝ボタンを、ひとつひとつ外していった。

(早く、触れたい)

この身が彼の呪いを解くのならば、一刻も早く触れてもらいたいし、触れたい。

焦る気持ちを持て余しつつ、ふたりは生まれたままの姿になった。

薄闇に浮かび上がるレスターの裸身は、さっきと同じように寝台に胡座をかいている。

彼の太ももにそっと手を載せて口づけを交わしていると、レスターが試すように言う。

「自分で触れてみることは、できそうか？」

どこへ触れるのか、なんて野暮《やぼ》なことは聞かないで済んだ。ふたりの気持ちはほとんど重なっていたからだ。

シェリルは少しだけ唾を飲んで、うなずく。

「もちろんできます。愛しい、レスターさまのものですから」

ちゅ、ちゅ、と、甘く濡れた音のする口づけを交わしつつ、指先でレスターの体の輪郭をなぞっていく。逞しい胸、引き締まった腹筋を撫でて、力強く動くための筋肉を秘めたふとももを探り、半ば勃ち上がった剛直にそうっと触れる。

「握ってみて」

「はい……」

言われて、もう一度唾を呑みこんだ。

口づけをやめ、白い指を彼自身に巻きつける。きゅ、と指に力をこめてみると、びくびくと反発するみたいに脈動して、勃ちあがった角度が鋭くなる。

(反応してくださっている)

それが不思議なくらい嬉しくて、シェリルは竿《さお》部分を握りしめ、上下に慎重に動かしていく。

レスターは彼女の繊手に包まれた自身を見下ろし、静かに問う。

「上手だ。……誰かに習ったのか?」

「まさか……!　ただ、レスターさまが、こういう風に動かれる、から」

真っ赤になって訴えると、レスターの表情がわずかに緩む。

「ほっとした。それが貴族のふつうだと言われても、君が誰かを練習台にしていたら、冷静ではいられないところだった」

(それって……嫉妬、してくださっているのかしら)

想像してみると、胸が不思議なくらいきゅっと縮こまった。

痛いようで、痛くない。苦しいようで、嬉しい。

(ああ、どうしよう。嫉妬していただいて嬉しいだなんて、本当に、はしたない)

はしたないのはわかっているのに止められなくて、シェリルは思いに任せて顔を下げる。

触れることで堅く猛々《たけだけ》しくなったレスター自身の先端に、ちゅ、と口づけを落とした。

独特な香りと味が唇から入りこんでくるが、それすら嬉しい。

(もっと……)

心のままに赤い舌先を出し、彼の先端に触れる。

ちろりと舐めてみると、さっきの味が強くなった。

自分が中まで彼で染まっていく気がして、何やらうっとりする。

ちろちろと舐めれば舐めるほど、ぷくり、と液体が零れてくるから、シェリルは無心にそれを舐めとった。そのたびに男の立派な幹はびくびくと震える。

やがてレスターの指がシェリルの唇に触れた。

「愛らしい唇の中に入るのも魅力的だが、できればもう一度、君の花で愛してもらっても？」

節の目立つ親指で唇を割られながら、甘く囁かれる。

シェリルは熱に浮かされ、何度もうなずいた。

「もちろんです。望んでいただけるのなら、いつでも、何度でも」

「そんなことを軽々しく言うと、本当に求めるぞ」

低く笑って顔を上げさせられる。そのまま腰を抱き寄せられて、シェリルはレスターと向き合ったまま彼自身をまたぐような格好になった。

ひたり、と入り口にレスター自身の先端を当てられる。

ふれあうと、自身の秘花がいつしかしとどに濡れていたことに気づいた。

蠟燭の淡い明かりで濡れ光るそこは柔らかく開いて、触れただけのレスターを呑みこもうとし始めている。

(力を抜いたら、すぐに全部含んでしまいそう)

懸命に膝立ちを保つシェリルに、レスターは訊《たず》ねる。

「このまま腰を下ろせるか」

「頑張ります。レスターさまは楽になさっていてください」

シェリルは熱い息を吐いて言い、レスターの胸をそっと押しやった。

レスターが肘をついて後ろに寝そべると、彼の腹筋に手を置いて深呼吸する。

「ん、うっ」

吐くのと同時に体を沈めた。

途端に体を割り広げられる感触が広がり、ぞぞぞ、と腹が切なくなる。

狭いが柔らかくなった場所を埋められる感覚、慣れ始めたそれがあまりにも気持ちいい。

「上手だ……あともう少し」

「ふ、ぅっ、あ……」

まだ全部入っていないのはわかっているのに、途中で腰を止めてしまう。

（きもち、よすぎる）

荒い息を吐いていると、勝手に中がレスターのものを食い締める。

その動きがゆるい快感を生み、堪えきれずにシェリルの腰は勝手に動き始めてしまった。

小刻みに、かくかくと動いてじんわりとした快感を拾う体。

「あ、あっ……」

快楽と戸惑いで短い声が零れる。

レスターはそんな彼女をずっと見ている。

「どうした？　そこが気持ちいい？」

「い、え、ちが……」

小さく首を横に振りながらも、腰を止めるのも、動きを激しくするのもうまくできない。

一番の快感が得られそうなところをえぐるのはあまりにも恐ろしく、小刻みであいまいな動きを何度も何度も繰り返してしまう。

「違うか。そうだな。それでは生殺しだろう」

レスターの言うとおり、こんな刺激では達することはできない。

達せないかぎり快感は抜けていかず、どんどんと溜まっていく。

体の中心にある官能の源、男の熱杭《くい》。動けば動くほどそれが熱さと存在感を増していく気がして、シェリルは額に汗を浮かべながらまつげを震わせた。

（どうしよう、このままでは、たまらない……）

レスターはそんな彼女を下から見つめ、どこかうっとりと囁く。

「きれいだ」

「え……？」

思いも寄らないセリフに、シェリルははっと目を見開いた。

こんなにも浅ましい自分がきれいだなんて、何かの聞き間違いではないだろうか。

潤みきった瞳で見下ろすと、レスターの腕が伸びてくる。

細くくびれた腰をぐっと掴まれたかと思うと、容赦なくレスターの上に引き落とされた。

「いっ…………！」

ずちゅん、と濡れた音がして、長大なものすべてを中に含まされる。

一気に官能が最奥から背筋まで突っ走っていき、目の前にぱちんと火花が散った。

気持ちいい、気持ちよすぎて、痺れる。

そう思っていると、ぐい、と下からさらに熱杭をねじ込まれ、奥がじぃん、と痺れた。

「ひ、ぐっ、そ、そこ、まっ、てぇ……！」

「痛むか……？」

「いえ、ちがっ、きもち、いっ……！」

「いいならやめなくても構わないな？」

「やぁ、ああっ、あうっ、あっ、あっ……！」

肌と肌が打ち合う音がするくらいの勢いで、下から蜜壺を突かれてしまう。

先ほどからじらされ続ける形になっていたシェリルの腹、ゆるい快感の溜まりになっていたそこから、ばちん、ばちんと快楽の火花が散る。

背筋を上った痺れが脳天まで突き抜けると、シェリルは軽い到達点に押しやられた。

白い顎をのけぞらせて震え、快楽の嵐が脳を冒すのをなすすべもなく体感する。

呼吸を忘れて背筋を弓なりにしたシェリルの様子に、レスターは少し突くのを緩めた。

「シェリル、息をして」

「…………っ」

「シェリル」

名を呼んで、もう一度、ずぐりと奥を突かれた。

ひっ、と喉が痙攣《けいれん》し、詰まっていた息が入ってくる。

「あっ……ひ、ぅ、も、ぉ……っ」

「もう、なんだ？」

「もぉ、突かないで、くださいっ……！」

（奥、突かれると、めちゃめちゃになってしまう……）

行為には慣れ始めたとはいえ、まだ達することには多少の恐ろしさがある。

シェリルとしたら必死の訴えではあったが、男の手は腰から離れなかった。

「突かなければいいんだな？」

「は、い、お願い……おねがい、します、がんばり、ますから……」

健気に言うシェリルを見上げ、男はその細腰を回すように動かす。ぐちゃり、と体内から淫猥な音が響き、レスターの張り出したところが、円を描くように中を刺激した。

「ひっ……!?」

すっかり濡れて熟れたところを、こそげるようにされると、また初めての感覚に襲われる。

息を呑んで白い腹がこわばり、その奥は男のものをきゅうきゅうと締め付けた。

レスターの薄い唇が皮肉げな笑いにゆがみ、両手はさらにシェリルの腰を回す。

「中が酷くうねっている……搾り取りたいのだな。なるほど、がんばっている」

「あ、あうっ、あ、ひっ、そ、そこっ……！」

触られるたびに頭がじんじんする場所があり、シェリルは必死に首を振った。

やめてほしかったのだが、そんなのもちろん逆効果だ。

「ここが気に入った？」

甘く言われてさらに強くこそげられ、何度も繰り返されるうちにばちばちと目の前の火花が酷くなる。

「や、やらっ、もう、おかしく、なって、しまう、わたし」

「おかしくなっていい。おかしくなっても君は美しいままだ」

レスターの言葉はシェリルを甘やかし、彼の腰はわずかに浮いて、限界まで自分をシェリルの中にねじ込もうとする。

すっかり敏感になった中の、さらに最奥をぐりぐりと虐《いじ》められ、シェリルは歯の根のあわないような感覚に襲われた。

「あー………っ、ぅぅ……っ……」

「段々、奥も感じるようになってきたか？」

「わ、から、な……っ………ひぅっ……！」

さっき見つけられたいいところと奥を交互に圧迫されて、全身が甘い痺れに見舞われる。

連動してシェリルの中が、奥深くまで入りこんだ男を大切に抱きしめた。

「っ……は、すごいな……」

レスターが熱いため息を吐いたのがわかる。

シェリルは、はあはあと荒い息を吐きながら、レスターに指を伸ばした。

(触れたい、レスターさま)

しっかり奥深くで繋がっては居るが、もっと触れたかった。

何度も小さな到達点に押し上げられては、再び落ちる、そんなことを繰り返したシェリルの心はどこか不安定になっていたのかもしれない。

レスターの左手が腰から離れ、シェリルの右手と指を絡めてくれる。

(……うれしい)

シェリルは朦朧と微笑み、体を倒してレスターの唇を求めた。

「ん、んぅ……」

姿勢を変えたことで、入ったままのレスター自身がシェリルの腹を圧迫する。

じわじわとした快感を覚えつつも、とにかく必死に唇を重ねた。

レスターの唇は甘く濡れており、すぐにシェリルの舌を受け入れて甘やかすようにしゃぶってくれる。うっとりと口内の熱さと柔さを堪能していると、シェリルの腰は勝手に上がってしまい、深くまで入っていたレスターがずる、と抜けかけた。

その尻に空いた手がかかり、思い切り押し下げられる。

「んんっ⁉」

深い口づけをしたまま、いきなりの快感にシェリルはこぼれんばかりに目を見開く。

やめて、と叫ぼうにも、口は封じられてしまっている。レスターのものを再び奥まで迎え入れてしまい、シェリルの白い尻が官能に震える。

レスターの手が離れれば、自然とシェリルの尻は浮く。

それをまた、レスターの手が容赦なくシェリルの尻を押し下げる。

「んっ、んっ、んっ、んんっ……！」

さっきと姿勢が変わったことで、またまったく違う官能の泉をくじられている気分だ。

圧迫された腹からとぷとぷと快楽が湧きだし、シェリルの花からは蜜があふれる。

ほとんどレスターの腹を濡らすくらいになっているのではないだろうか。

それはつまり、自分の体が悦《よろこ》んでいる証拠で。

(声、出せないのが、もどかしい、けど、気持ちいい)

シェリルは呼吸ごと嬌声《きょうせい》を奪われたまま、意識が白く緩んでくるのを感じていた。

じゅ、じゅぶ、じゅぶ、と秘唇から零れる淫猥な音が早くなり、急激に強い快感の波に頭が覆い尽くされる。

ふっ、と一瞬わけがわからなくなり、レスターに軽く下唇に噛みつかれた。

「っ、ん………………――――！」

汗で濡れた彼の体に重なったまま、全身を細かく痙攣させる。

体内にぬるいものが広がる感覚があり、そこから、じわりと安心感のようなものもシェリルの中に広がった。

（これで、また、レスターさまは少しだけ……楽になれる）

そう思うと、どんな興奮よりも頭が気持ちよくなって、シェリルはバラ色の靄《もや》の中に意識を溶かした。

† † †

「おかげさまと言っていいのやら、ですよねえ」

「なんですか、その意味深な言いようは」

メイドのアリスが不機嫌そうに眉毛を動かしながら、エドのほうを見る。

エドは部屋の隅で小さく肩をすくめて答えた。

「だったらはっきり言います。レスターさまが最近とみにお元気なのは、すべてシェリルさまのおかげと言っていいでしょう」

「……ありがとう。こそばゆいわ」

シェリルは小さく笑い、エドに視線をやった。

シェリルが公爵家に嫁いで、早くも四度目の満月を過ぎた。

レスターの夜型生活に付き合うことも多いため、シェリルの肌はここへ来たときよりも抜けるように白くなった。それでも肌つやがよいのは、彼女がしあわせだからだろう。

レスターの呪いを軽くするためには、シェリルとの交わりが一番。

そうわかってから、シェリルはことさら自分の健康にも気を遣うようになった。

そのことと、レスターに日々念入りに愛されていることが、今のシェリルを清楚《せいそ》でありつつ花盛りの花のように見せている。

エドは笑い、まあ、それはいいことですね、とぼやきつつ続ける。

「しかし、また晩餐会を開くだなんて、少々元気になりすぎかもしれません」

「何か不満でもありそうな言い方ですね」

アリスはシェリルのドレスのリボンから顔をあげ、エドを睨《にら》んだ。

そう、シェリルは先ほどから、晩餐会のために控え室にて着替え中なのだ。

本来そんなところに男を入れるものではないが、もう仕上げ段階なのと、エドはレスターの特別な側近なので入室を許可していた。

特別な側近――レスターが個人的な言づてをするのは、なぜかいつもエドだけなのだ。

「晩餐会、いいことではないのですか？　ずっと延期にされていたのでしょう？」

シェリルは小首をかしげる。

今宵《こよい》の彼女はひときわ美しかった。

体にぴったりと仕立てられたドレスは、まさに花畑そのもの。薄紅のアンダードレスの上に、象牙色に薄紅の花々を刺繍《ししゅう》したスカートと、同じく花を刺繍し、腰をきゅっと絞った上着をあわせている。胸元や袖などにあしらわれたレースにも花々が編み込まれ、さらにサテンのリボンもあちこちにあしらわれていた。

ただの花柄では結婚前のお嬢さんにも見えてしまうが、刺繍の重厚さや美しくくすんだ色合い、それに、アリス渾身《こんしん》の結い髪に光る公爵家の宝石などが、シェリルを裕福な貴族の夫人であると知らしめている。

ほんのりと頬を薄紅に染める化粧をした顔で、シェリルはエドに笑いかけた。

エドは少し驚いたように目を瞠り、やがて決まり悪く視線を逸らす。

「それはまあ、世間的にはいいことなんでしょう。公爵閣下が社交を再開されるってことですからね。ただ、そうですね……晩餐会の間は、どうか、レスターさまのそばに居て差し上げてください。この屋敷は、レスターさまとシェリルさまだけのもの。けれど、晩餐会の夜だけはそうではありませんから」

「……わかったわ。もちろんそうする」

シェリルはうなずき、エドが丁寧に部屋を辞していくのを見送った。

(晩餐会の夜だけは、この屋敷は私たちだけのものではない……おそらく、社交界独特のギスギスが、この屋敷にも入ってくると言いたいのね)

シェリルも貴族だ、そのあたりはうっすらとわかる。

レスターは皇兄。母の位が低いとは言っていたが、当然皇位継承権は高いはず。そのあたりを見込んで、様々なおべっか使いや敵が現れてもおかしくない……というか、必ず紛れ込んでくるだろう。

（レスターさまにとっては、大変な日。私もしっかりしなくては）

シェリルはそっと自分の胸に手を当てる。

そこへ、控え室の扉がとんとん、と叩かれる音が響いた。

「公爵閣下です」

扉の向こうから聞こえた声は、さっき出て行ったばかりのエドのものだ。

「どうぞ！」

シェリルが二つ返事で答えると、ピンクの布を張った愛らしい扉が開く。

現れたレスターを見て、シェリルと、珍しくアリスも軽く息を呑んだ。

晩餐会のためにしつらえた衣装を身につけた彼は、それこそ常闇神の化身のごとき姿だったからだ。

裾の長い漆黒の上着の襟と袖には金糸で野の花とその間を飛ぶ蝶やミツバチが刺繍されており、金色のベストには同じ柄が直接織り込まれている。ベストにずらりと並んだ金ボタンを輝かせながら、レスターは整いすぎた顔にいつもの冷徹な無表情を載せて入って来た。

「――用意は万端のようだな」

「はい、ちょうど着付けが終わったところです」

シェリルは少し緊張して、扇を握りしめて直立不動になる。

(レスターさま、あんまりにもお美しいわ……私、この方の隣に立っても大丈夫かしら)

幼すぎはしないか。田舎っぽいと思われないか。ふさわしくないと、思われないか。

不安のタネなどいくらでも出てくる。ただでさえ、身分違いの結婚だ。

シェリルが緊張のあまり扇に力を込めている間、レスターは立ち止まって彼女を見ていた。

そして、ぽつりと言う。

「出したくない」

「……はい……?」

「晩餐会に出したくないな」

はっきりと言われてしまい、シェリルはびくりと震える。

「え、ええと、私、何か、晩餐会にふさわしくないようなところがありますでしょうか？　今すぐ直して……」

「愛らしすぎる」

「愛らし……？」

口に出してしばらく考えたのち、シェリルはぼぼっと赤くなった。

　ぱくぱく口を開いたり閉じたりしているうちに、レスターが大股で歩み寄ってくる。

　長い指がシェリルの顎にかかり、真っ黒な目が上からシェリルを見つめた。

「その目だ、シェリル」

「目が、何かいけませんでしたか？」

「何も狙わず、何も媚びず、ただただそこに咲き誇る野の花のようで。だからこそ、手折りたくなってしまう。……いけないな」

　レスターはつぶやき、傾けた顔を近づける。

　整った顔が近づいてくると、ほとんど自動的にシェリルの胸は高鳴った。

　唇は勝手に花開くように薄く開き、レスターの口づけを受け入れようとしてしまう。

　そこで、アリスが、ごほん、と咳払《せきばら》いをした。

「アリス……」

　ぼうっとしてアリスのほうを見て、シェリルも、はっと我に返る。

「れ、レスターさま、念入りにしてもらったお化粧が崩れてしまいますので」

「崩れて何が悪い？　それで君に少しでも注目が集まらなくなるなら、あえて崩そうか」

　レスターは物憂げな真顔で続けた。

　真っ黒に金糸を織り込んだフリルで包まれた手が、シェリルの細腰に回る。

　骨張った指がドレスの上着の下にもぐりこんだのを感じ、シェリルはびくりと震えた。

「待ってください、レスターさま」

「嫌か、俺に崩され乱されるのは」

「い、嫌、ではない、ですが……」

即答してしまった自分に、シェリルは少し驚く。

視界の端でアリスの顔がほんのり赤くなったのに気づき、シェリルもますます赤くなりながら、ぼそぼそと答えた。

「その。……そのあと、皆さまの前に、平気な顔で出られる気が、しません」

「……………それは、そのとおりだな」

レスターは腕の中のシェリルをじっくりと見つめて言い、ようやっと腕をほどいた。

代わりに自分の肘にシェリルの手を乗せさせ、控え室から外へ出す。

廊下に出ると、そこはいつも通りに薄暗かった。

時刻はちょうど日暮れのころだ。貴族の晩餐会は遅い時間に始まり、ほとんど夜明けまで続く。レスターにとっては、都合のいい時間帯であった。

ずらりと明かりがともり、使用人たちが待ち構える廊下を、レスターは歩き出す。

「仕方あるまい。今日は俺の奥方を、見るだけは皆に許してやるか」

「そういう風に思っていただけるのは、光栄ですけれど……」

「けれど？　なんだ？」

問いと共に視線が落ちてくるのを感じ、シェリルはそっとレスターを見上げた。

美しすぎる鼻筋と、無数の明かりを跳ね返す黒い瞳。

どの角度から見ても芸術品のごとき彼の顔をまじまじと見つめ、シェリルは言う。

「私も、同じ気持ちはございます」

「………」

「レスターさまは夜に住まわれている。そして、私も同じ夜に住まわせていただいている。そのことに、どれだけ安堵《あんど》をしていたか。……今宵は少し、胸騒ぎが致します」

言い終えてシェリルが目を伏せると、レスターの手が、シェリルがレスターの肘にかけた手の上に載る。

「……難しいな」

「何が、でしょう？」

「今夜が終わるまで、君を我慢するのが」

さらりと言われてしまい、シェリルは歩きながらわずかに目を潤ませた。

「…………私も、かも、しれません」

つぶやきを落としたのとほとんど同時に、レスターの手にぐっと力がこもる。

彼の温かい手の感触は、ずいぶんとシェリルの肌になじんでしまった。触れられれば心が解けて、水が低いところへ流れるように、レスターに向かって心が開いてしまう。

レスターもそんなシェリルの気持ちを感じ取ったのだろう。

長いまつげを伏せて、さしてひそめてもいない声で言う。

「明け方前に、寝室に戻ってしまうか」

「怒るお客さまがいらっしゃいそう」

「エドにどうにかごまかさせよう」

即答なのが、なんだか子供じみていて妙におかしい。

シェリルはくすりと笑った。

「レスターさまはエドをずいぶん信用されていらっしゃいますよね」

「信用というのともすこし違う。あれは、契約を守るものだからな」

(契約を、まもる、もの?)

なんだか少し、不思議なことを言われたような——と思った直後、屋敷の空気が変わった。

長い廊下を過ぎると、吹き抜けの玄関ホールを見下ろせる二階の通廊だ。

レスターがふと、冷たい横顔を取り戻して言う。

「見るといい。邪魔者たちの群れだ」

彼の視線の先には、美しいモザイクタイルの上をせわしなく行き来する使用人たちと、ここぞとばかりに着飾った紳士淑女の群れが見えた。

シェリルは色鮮やかな景色を見下ろし、軽く唇を噛む。

（勝負所だわ。私も、レスターさまも）

シェリルはドレスのポケットにそうっと手を差し込み、小さな布包みを取り出すと、ぎゅっと握りしめた。

それはこれから戦いに赴く自分とレスターのために作った、ささやかなお守りだった。

（さ、さすがに疲れたかも……）

初めての公爵邸での晩餐会は、最初は控え室での歓談から始まり、次に軽食、その次に舞踏、さらにその次に本格的な晩餐――という順番で進んだ。

現在、真夜中過ぎ。ようやっと本格的な晩餐が終わり、客たちは屋敷内の思い思いの場所でおしゃべりに興じている。これから男性たちは喫煙室、女性たちは喫茶室に別れるのが定石だが、そろそろ疲れて客間に引っ込む者もいる。

本来なら皆気も緩むころだったが、今までろくに社交の場に出てこなかった公爵閣下の新妻ともなれば、シェリルを囲むひとの輪は途切れない。

「それでね、公爵夫人！　わたくし、大層素晴らしいドレス工房を知っておりますの！」

「まあ、素敵だわ。ご連絡先を頂けたら、のちほど検討しますので――」

「公爵夫人はドレスはそこまでご興味がないわよね。私がご紹介できるのは、光明教派生のありがたいお言葉が聞けるお茶会なのだけど」

「なんてありがたいこと。ただ、なかなか屋敷を空けるのが難しくて――」

「公爵夫人」

「そんなことより公爵夫人」

（う、ううううう……げ、限界。休みたい……）

ずーっと気を遣うやりとりが続いて、シェリルの目は回り始めている。

晩餐会も喋りっぱなしであまり食べられなかったものだから、お腹も空いた。

（アリスに目配せして、せめて軽食を摂《と》りたいけれど）

シェリルが視線で探ると、すぐにアリスと目が合った。彼女は部屋の隅でどこかそわそわと辺りに気を配っていたが、シェリルの様子に気づくと浅くうなずく。

給仕の使用人と二言、三言喋ったかと思うと、彼の持つ盆を受け取った。

（なんて有能なの、アリス）

しみじみと喜びを噛みしめながら待っていると、アリスが目の前にやってくる。

シェリルはありがたく微笑んで彼女を見つめたが、ふと小首をかしげた。

（あら？　アリス……何か、心配事があるのかしら）

シェリルを見つめるアリスの瞳が、どこか真剣すぎる気がする。

気になって見つめ返すと、アリスは少し視線を逸らした。

「失礼します。お飲み物や軽食はいかが……」

そこまで言ったとき、不意にアリスの持つ盆が斜めになる。

（えっ）

驚いて目を瞠っているうちに、盆上のゴブレットがひっくり返った。

ぱしゃりとシェリルのドレスにレモン水がかかり、辺りに爽やかな匂いが広がる。

きゃっ、とか、あらっ、などと驚きの声が上がる中、アリスは頭を垂れて膝を曲げた。

「申し訳ございませんっ！　シェリルさま、すぐに直します、どうぞこちらへ！」

「わかったわ。みなさま、すぐに戻ります」

シェリルは即答し、アリスと共に控え室のほうへ引っ込む。

お客たちのざわめきが遠くなったのを確認して、シェリルはアリスに向き直る。

「……一体どうしたの、アリス。飲み物を零したの、わざとでしょう？　あなたがあんなことをするなんて……」

「申し訳ございません、シェリルさま……！　その……」

アリスは深く頭を下げたまま、口ごもっていた。

（おかしいわ。こんなアリス、初めて）

「何か、理由があるの？」

シェリルは少しばかり表情を険しくして、アリスに問う。

シェリルはアリスを信用している。彼女は本当に身内のような存在で、シェリルに不利になるよう振る舞ったことなど皆無だ。だからこそ、シェリルは真剣に次の言葉を待った。

アリスは口ごもったのち、ついに意を決したように告げる。

「どうしても会ってほしい方がいらして」

「会ってほしい方。それは、晩餐会のお客さまなの？」

他にはいないだろうと思いつつ、シェリルは確かめる。

案の定、アリスはうなずいた。

「シェリルさまと二人きりでお会いしたい、というお話でした。あの、その、そういう……い、いかがわしい意味ではなくて」

「もちろんよ。アリスがいかがわしい目的の方と私を引き合わせるわけがない。それはわかっています。でも――」

一度言葉を切り、シェリルはアリスの両腕をそっと掴んだ。

緊張したアリスと視線を合わせ、シェリルは慎重に言う。

「目的はどうあれ、私が誰かと密会するだけで、問題になりかねないのも真実。わかるわね」

「はい……」

「それでも、私はその方とお会いしたほうがいいと思う？」

シェリルはなるべく冷静に言葉を重ねていく。

アリスは少し黙りこんだが、程なく視線を上げて言う。

「……おそらく、そうです。これは、シェリルさまのお命に関わることと聞きました」

(本気だわ)

シェリルはうなずいた。

「わかりました。ならば、会います。……その方をここへ呼んでくることはできるの？」

「はい。そのつもりで、この、少し離れた控え室にお連れしました」

「ならば呼んでくれるかしら。私、ここで待つわ」

「承知いたしました。少々お待ちを」

アリスは頭を下げ、小走りに部屋から出て行く。

シェリルは真紅の布を張った寝椅子に浅く腰掛けて、ドレスの裾を直した。

(さあ、誰がいらっしゃるのかしら。できれば……女性がいいけれど)

男性と二人きりで会ったとなれば、浮気を疑われるのは社交界の常識だ。貴族社会は浮気にそこまでうるさくはないけれど、レスターが許すかというと——許さない、気がする。

もちろんシェリルは、そのほうが嬉しいのだけれど。

(とにかく、毅然《きぜん》としているしかないわ)

シェリルはなるべく背筋を伸ばし、控え室の扉を見つめる。

ほどなく、囁くような声が扉のほうから聞こえて来た。

「——シェリルさま」

「入って、アリス」

シェリルの指示に従い、扉が開く。

扉を開けたのはアリスだが、先に入ってきたのは若草色の貴族服を着た男、だった。

ゆるく波打つ茶金髪をひとつに結んだ、レスターより十歳ほど上であろう男。

彼を室内に入れると、アリスは廊下に出たまま扉を閉める。

おそらくは、そこで見張りをしてくれるのだろう。

「公爵夫人、シェリルさま。お話の機会を頂き、光栄に存じます」

若草色の男はいささか甲高い声で言い、一礼する。

小脇に筒状の書類入れを抱えた、神経質そうな男だった。顔には丸眼鏡が載っている。

「あなたは――皇帝陛下の秘書官の、コリンズさまですね」

彼の出《い》で立ちにも顔にも見覚えのあったシェリルは、寝椅子から腰を浮かせて一礼した。

コリンズは皇帝代理の立場で晩餐会に参加した、皇帝の側近だ。

貴族位は低くとも、招待客の中でももっとも重要な人々のひとりである。

「覚えてくださって光栄です。この度は、このような形でお呼び立てしてしまい、申し訳ございませんでした。どうしても、あなたにお伝えしたいことがございまして」

コリンズは深々と一礼してから、シェリルの前に膝を突いた。

椅子を勧めても固辞され、シェリルは仕方なく寝椅子に座り直す。

「一体なんでしょう？　レスターさまの前ではお話しできないことなのですか？」

「ええ。――あなたの、九十九回の婚約破棄に関わることでございます」

「婚約破棄……？　あれはもう、とうに終わった話だと思いますが」

何を今さら、と、シェリルは少し拍子抜けする。

命に関わるだなどというから、もっと現在進行形の話かと思っていたのに、婚約破棄だなんて。レスターとの結婚生活が上手《うま》く行っている今は、もうどうでもいい話だ。

コリンズはそんなシェリルの顔をうかがい、眼鏡の奥の瞳をきらりと光らせる。

「あれは、仕組まれたものです」

「え……？」

あまりに意外な話に、シェリルはぽかんとして言葉を失った。

コリンズは片膝立ちでにじり寄りながら、早口で語る。

「あなたは立派な貴婦人です。あんな婚約破棄はおかしすぎる。我々としても、何か異常なことが起きているのではないかと疑い、調査を続けて参りました。その結果がこちらです」

こちら、といって差し出されたのは、彼が小脇に抱えていた革製の書類入れだった。

円筒形のそれを、シェリルはおずおずと受け取る。

見たくない、という気持ちがあった。見たらきっと心が揺れる。今のしあわせが揺らいでしまう。でも見ないわけにもいかない。婚約破棄が仕組まれたものならば、自分には敵が居る。

その敵が誰なのか、知らなくてはならない――。

震える指で、書類入れの蓋を取る。中から出てきたのは何枚もの、筒状に巻かれた報告書だった。両手で広げ、最初から順に読んでいく。

途中には証拠品が貼りつけられたり、帝国図書館の、この内容は事実であると証明する印章が押されていたり、とにかくびっくりするほど正式なものだった。

そして、書かれている内容は。

「すぐには頭に入ってこないと思います。ご説明いたしましょうか？」

「待って。もう少し読みます」

「はい」

どれくらいの時間が経《た》ったのだろう。

一度すべてを読み通し、気になったところを何度も繰り返して読んだ。

やっと顔を上げたときには、顔色から血の気が完全に去っている。

「……おかしなことが、書いてあるわ」

ぼんやりと、シェリルは言う。

コリンズはその顔をじっと見つめて、はっきりと発音した。

「これは、あなたの婚約破棄のために、レスターさまがいかなる手を打ったかの記録です」

「……！」

あまりのことに、シェリルの頭は真っ白になってしまう。

ぽかんと虚ろになった頭の中に、コリンズの神経質そうな声が響いていく。

「かなりの搦《から》め手が多く、証拠集めにずいぶんと時間がかかりました。圧力をかけるときは外堀から埋めていますし、脅すときは怪しげな犯罪集団を使っている。娼婦《しょうふ》を使って醜聞を仕立て上げたこともあれば、自分が囲い込んだ元罪人を使って騒動に巻き込んだこともある」

(嘘《うそ》。嘘、そんなのは、嘘)

「偶然を装って事故を起こしたこともある。婚約を不成立にするため、古い橋をまるごと落としたことさえある。これはすべて、本当のことです」

「待ってください……！」

思わず大きな声が出てしまった。とにかく一度やめてほしかった。

これ以上聞きたくない。これ以上知らされたくない。

何を？

——レスターの、罪を。

(嘘。嘘だって、わかってる。嘘……)

シェリルは真っ青になってうつむいていたが、コリンズはさらに追い打ちをかける。

「待っている時間がありません。あなたの夫は、極悪人です」

ぞわり、心臓が冷たくなったのを感じた。

シェリルはとっさに自分の体を抱き、かすかに震えながら続ける。

「……夫は……レスターさまは、いい方、なのです、領民にも、本当は慕われていて」

（そう、公爵領の人々は豊かで、技術支援もされていて、レスターさまを悪いようには言わなかった……妻を奪われたと叫んでいた方も、勘違いだったようだし）

必死に過去の記憶で心を守ろうとするシェリルだったが、コリンズはゆっくりと立ち上がる。

そうしてシェリルの耳元に、そっと囁きを落とした。

「今宵、ちらりと拝見しました。レスターさまにかしずいている銀髪の少年――あれはひとではありませんよ。ご存じでしたか？」

銀髪の少年。エドのことに違いない。

「ひと、ではなければ、なんだと言うのです……？」

ぽかんとして顔を上げると、目の前でコリンズの眼鏡の金縁が、きらりと光った。

チカチカッと、シェリルの目の前で光が舞う。

「おそらくは、常闇神の眷属《けんぞく》です。魔物の類《たぐ》いですよ。そんなものを侍《はべ》らせるだなどと、まさに常闇の公爵の名にふさわしい悪党です」

（魔物。エドが、魔物）

すぐにぴんとくる話ではなかった。

それでも、今まで重ねられた話の重さがあまりに酷く、心がずいぶんと弱っていたのだろう。

目の奥が急に熱くなり、シェリルは深くうつむいた。

「でも、私……」

声を震わせるシェリルに、コリンズは言葉を重ねる。

「今はまだ、身に危険を感じていないかもしれません。ですが、あの男の悪は本物だ」

(やめて。やめて……!)

「いずれ愛が失《う》せたらどうでしょう? 普通の相手ならば、お互い浮気をしてそれなりに上手くやっていくかもしれない。しかし、あの男はあなたを手に入れるために、ここまでした。愛のためか――他の理由があるのかは、わたしにはわかりませんが」

「っ、や、めて、ください……」

とっさに大声が出てしまった。

シェリルは自分で自分の声にびっくりして顔を上げる。

コリンズはそんな彼女を、じっと見つめていた。

「シェリルさま」

冷えた視線がつらい。冷静に事実を突きつけられるのが怖い。

シェリルはついに寝椅子から立ち上がり、コリンズの言葉を遮るように声を荒らげた。

「閣下には! レスターさまには、愛が、あります。愛してくださっています。それに、私は、見たものだけを、この目で見たものだけを、信じたい……」

「そうですか。でしたら、これ以上は何も申しますまい」

コリンズはそれ以上何を押しつけるでもなく、ただ手を伸べてくる。

少し考えてから何を要求されているのかに気づき、シェリルはコリンズにもらった資料をまき直して筒に入れ、彼の手に戻した。

正直なところ、自分が持っていても面倒のタネにしかならないものだ。

（だからといって、なかったことには、できないけれど……）

「シェリルさま。もしもこの、檻《おり》のような屋敷から逃げ出したいのでしたら」

「っ……！」

意外な言葉に、シェリルは弾かれたようにコリンズを見る。

コリンズは元のように書類入れを脇に挟み、立ち上がって恭しく一礼した。

「夜明けの時間まで、車寄せから少し離れた森の陰に、馬車を駐《と》めておきます。お待ちしておりますから」

「あ、りがとう、ございます。お気持ちだけ、いただきます」

ぎこちなく言うと、コリンズはそのまま部屋を辞していく。

入れ替わりのようにアリスが戻ってきて、心配そうにシェリルを見つめた。

「大丈夫でしたか、シェリルさま。あの、一体、どんなお話を……？」

いつもなら、大体のことはアリスと共有できた。家族と共有できないことだって、アリスとなら分け合って、一緒に考え、対策を考えることが普通だった。

ならばさっきコリンズから言われたことを、そのままアリスに言えるだろうか？

――答えは、いいえ、だ。

シェリルはうつむいて小さく首を横に振った。

「……ごめんなさい。まだ、少し考えたいわ。部屋に、戻ります」

「……承知いたしました。シェリルさまの寝室でかまいませんか？」

アリスが聞いたのは、最近は『寝室』といえばレスターの寝室を意味することが多いからだ。

シェリルの部屋はレスターの気遣いに満ちていて愛らしいが、広さはさほどではない。

この屋敷の主寝室といえば、レスターの寝室だ。丸天井を青く塗り、金象嵌《きんぞうがん》で数々の星座を配した部屋は広々として、美しい。最近のシェリルはその星々の下でレスターと抱き合い、けだるい体をもてあましながら眠りにつくのがお気に入りだった。

でも、今夜はさすがにレスターの寝室に行く気にはなれない。

「自分の部屋に戻るわ。疲れてしまったから、熱いお茶が欲しい……」

「わかりました。では、すぐに参りましょう」

アリスは心配そうにシェリルの顔をのぞきこみ、うなずいてくれた。

シェリルはほっとして、彼女に導かれるように控え室から外へ出る。

薄暗い通廊に出ると、屋敷の空気が大分落ち着いてきたのがわかった。

馬車で帰るものは帰り、客間で寝入るものは寝入り、まだ起きているのは喫煙室で朝まで議論する少数の紳士たちだけなのだろう。

晩餐会は終わり、日常が帰ってくる。

ただし、シェリルにとっては、昨日までの日常と、今からの日常はあまりに違う。

(……やっぱり、さっきの話はアリスには話せないわ。アリスは元からレスターさまが悪事を働いているのではと疑っていたもの。コリンズさまが悪事の証拠を持ってきたと聞いたら、真偽はともかく、真っ逆さまに信じ込んでしまう)

そんなことになれば、シェリルは今すぐコリンズの馬車に押し込まれてしまうだろう。

そんなのは、困る。

困るけれど……だからといって、ここにいるのが正解なのだろうか。

目の前につきつけられたレスターの悪事の数々。冷静に考えて、シェリルにそれを否定するような証拠は用意できない。

薄暗い廊下を歩きながら、シェリルは自分の心臓の位置に手を当てた。

シェリルはレスターを信じたい。それは確かなことだ。彼が昔と変わらず、少し寂しげで優しい少年の心を持っているということを、信じたい。

ただ、信じよう、信じようとしても、心のどこかが冷えるのだ。

どこかが不安だと叫ぶのだ。

（……私、一体どうしたらいいの。どうしたら、真実がわかるの）

廊下を歩いて行くと、不意にアリスが足を止めた。

「っ、どうしたの、アリス――」

アリスの背にぶつかりそうになり、シェリルは慌てて自分も足を止める。

アリスは廊下の先を見つめて動かない。

なんだろう、と自分も同じほうを見て、ひゅ、と、息を呑んだ。

廊下の先、薄ぼんやりとした蠟燭の光に照らされた人影がある。漆黒の衣装の金刺繍部分だけがきらきらと光り、真っ黒な瞳もまた、夜の野生動物のように淡い光を集めて光る。

レスターであった。

「シェリル」

重く響く声が、どこか甘くシェリルの名を呼ぶ。

ぞくり、と腹の底から震えがのぼってくる。

「レスター、さま」

反射的にその名を口にはしたが、シェリルの声はかすれてしまった。

（どうしたの、私。まるで、おびえているみたい）

目の前に居るひとは愛しい旦那さまだ。

ほんの少し前、コリンズの話を聞くまでは、彼の姿を瞳に映すのは喜び以外のなにものでもなかった。あの感覚をまだ覚えているのに、今、シェリルの体はこわばっている。

レスターはそんなシェリルの姿を見つめたまま、ゆっくりと近づいてくる。

「しばらく姿を見なかったが、気分でも悪かったのか?」

「いえ……少し、身なりを整えていただけです。夜も遅いので、自室に戻ろうとしていて」

なるべく平静をよそおいながら言ったものの、途中でシェリルははっとした。

「あっ……! そういえば、私たち、寝室で待ち合わせを……!」

——夜明け前に、寝室で。

そう言って甘く視線を交わした日暮れ頃のことを、今になって思い出す。

とっとっとっ、と、心臓が走り出す音がした。

(どうしよう。私、今まで、レスターさまとの約束を忘れたことなんかなかったのに。コリンズさまの一件の衝撃で、吹っ飛んでしまった……)

これが初めての粗相。となれば、何かあったと思われるのが当然だろう。

案の定、レスターの冷えた靴音は半端な位置で止まる。

手を伸ばしてもぎりぎり届かない位置で、彼の目は薄いナイフの刃みたいに細められた。

「初めての既婚者としての晩餐会で、特別な逢瀬《おうせ》でもあったのか。俺との約束を忘れるような」

「そんな……まさか」

ほとんど無意識に、シェリルは曖昧に微笑んで返す。

けれどその声は情けなく震えていたし、喉は引きつって変な音を立てた。

レスターはかすかに首をかしげると、皮肉げな笑みを唇に乗せる。

「シェリル。君は嘘が下手くそだな。瞳がうろついて、俺の上に定まらなくなっている」

胸に響く声でそんなことを言われてしまったら、シェリルの心はすぐにぐずぐずになりかける。このひとに隠し事なんかできるわけがない。嘘を吐き通せるわけもない。

でも――本当のことを確かめるのも、怖い。

(どうしよう。どうしたら、いいの)

戸惑ううちに、レスターが歩を再開する。

こつり、こつりと、靴音が近づいてきて、シェリルの目の前で止まった。

互いの胸が触れそうな距離。互いの鼓動すら聞こえてしまいそうで、息が詰まる。

(何か、言わなくては)

頭の芯が熱い。何を言っていいのかわからない。

わからないまま、シェリルはおずおずとレスターの胸に手を置いた。

重い頭をどうにか上げて、ぎこちなく言う。

「……………ほんとうに、やましいことは、なにも」

「ほんとうに？　嘘を吐いたら、一生塔のてっぺんに閉じ込めて、二度と出さない」

「っ…………」

ぶるぶると体が震えた。もう、隠しようがない。偽りようもない。

（こわい。レスターさまが、こわい）

目の前で光る暗い瞳。

今までは星空みたいだと思っていたその瞳が、今は底なしの沼のように見える。

一歩踏み入ったら、足をとられてずぶずぶと沈められてしまいそう。

この目は今まで、何を見てきたのだろう？

シェリルと過ごした美しい夜など、この沼に落ちた一滴の水のようなものなのか。

他の泥水はすべて、コリンズが調べ上げたようなあらゆる悪事がよどんだものなのか。

レスターの手が顎にかかり、親指がシェリルの唇を軽く押し込む。

反射的に口を開くと、舌の上を押さえられてしまった。

「あ……」

口を閉じることができなくなって、シェリルは震えながら立ち尽くす。

レスターはそんな彼女の顔をしげしげと眺めて、かすかに笑った。

「嘘吐《うそつ》きな舌は短く切ってしまってもいいが――口づけが素っ気なくなるのは、もったいないな。どう思う、シェリル？」

「あ、ぅ……っ」

「これではろくに返事もできないか。かわいそうに」

少しも同情していない口調で言い、レスターは人差し指と中指をシェリルの口腔《こうこう》に差し入れた。こんなところで何を、と思っているうちに、指先がすり、と、口蓋をなぞった。

「ん、ぅ」

口づけで見つけられた感じるところを優しくさすられると、こんなときなのにピリピリとした快感が広がってくる。従順な体だった。目の前のひとに、散々愛された体。

それをよく知っている男が、たった二本の指でシェリルを翻弄する。

「う、ぅ……っ」

彼が思うように甘い声を上げ、他のまともなことは何も言えない。

体をふるふると震わせ、頬を赤くして腹の奥に快楽の欠片《かけら》を集めていくことしかできない。

本当は考えなければならないことは山ほどあるのに、頭の中はぐちゃぐちゃだった。

(どうしたら？　私、どうしたらいいの)

レスターは、本当にシェリルの舌を切るつもりなのだろうか。

レスターは自分には酷いことをしないと信じることが、今のシェリルにはできない。

(だって、私、知ってる。レスターさまが、私をここに置いておく理由)

口の中を好き勝手もてあそばれながら、ぽろり、とシェリルは涙を零した。

ついさっきまでは、自分がここへ迎え入れられたのは、偶然と愛ゆえと思っていた。

だが、コリンズの話を聞いてしまったせいで、もうひとつの可能性に気づいてしまった。

――シェリルと交わると、レスターの呪いの効果は薄まる。

(レスターさまは、それを知っていて、これまでの私の婚約を阻止し続けたのかもしれない。私を娶《めと》るのが不思議に思われないように、九十九回婚約破棄された女という経歴をつけたのかも)

レスターの呪いは、皇帝一族にまとわりつく呪い。

呪いを薄める女がいると世間に明かされれば、また様々な憶測が飛び交うだろう。

だからこそ、レスターはシェリルの周辺に手を回したのではないだろうか。

(レスターさまの望みが、呪いの軽減だけなら――私に、舌なんかいらない)

切られるかもしれない、と、シェリルは思う。

切られてもいい――とは、さすがに、思えなかった。

(私は、もっと、レスターさまとおしゃべりしたい。普通の、夫婦でいたい。でも、できないのかもしれない。私じゃ、無理なのかも)

考えれば考えるほど、目からは大粒の涙が零れ続けた。

レスターはそんな彼女を見下ろし、一度静かに目を閉じる。

そうしてシェリルの口から指を引き抜くと、素っ気なく身を翻した。

「――あとの弁明は寝室で聞こう。俺も用意をしたらすぐに行く。待っているように」

その場に冷たい台詞《せりふ》だけを残し、レスターは寝室とは逆の方向へ歩んでいく。二度と、振り返ることすらしない。

「っ、く……う、うっ……」

シェリルは遠くなる彼の背中を見送りながら、思わずしゃくりあげた。

止めようとしても涙は止まらず、あれだけ感じさせられたのに体は冷たいままだ。

「シェリルさま……」

押し殺したアリスの声が、耳元に響く。

彼女が差し出したハンカチで涙を拭いながら、シェリルは引きつった声で言う。

「アリス。私……寝室へは、行かないわ」

「それは……それは、ようございました。私も、それをお勧めしようと思っていました！」

アリスが目を瞠り、早口でまくしたてる。

ハンカチで強く目元を押さえ、シェリルはぎゅっと唇を噛む。そうしてどうにか視線を上げると、囁いた。

「……コリンズさまの馬車へ、乗りましょう。私たち、ここを出るの」

†　†　†

カチ、カチ、カチ、と、機械式大時計の音がする。

レスターの執務室には窓がない。元はあったのだが、漆喰《しっくい》で塗り固めてしまった。

空気が澱《よど》んでいるのはそのせいだろう。

もしくは、レスターが沈鬱な顔で執務机についているからだろうか。

カチ、カチ、カチ。

ぼーん、ぼーん、ぼーん、ぼーん、ぼーん……。

時計が五つの時報を鳴らすと、執務室の隅の闇が鼻を鳴らした。

「もう夜が明ける。いつまでここにいるんですか、あなた」

生意気な少年の声がしたと思えば、闇の中からエドの姿がしみ出してくる。

歩み出した、というより、まさに『しみ出した』としか言いようのない登場だった。

常人なら悲鳴を上げそうな光景だが、レスターは気にせず豪奢《ごうしゃ》な椅子に体を預けている。

「……昼は、おまえもつらいだろう。とっとと住《す》み処《か》に戻れ」

そう告げたレスターの顔は真っ白で、すでにあまり具合がよくはなさそうだ。

窓ひとつないこの部屋でさえ、呪われたレスターの体は朝の気配を感じ取っている。全身がだるく、肌はどことなくひりひりした。

一般的には美しいとされる夜明けだが、彼にとっては痛みと共に来る呪わしいもの。

音もなく歩み寄ってきたエドは腰に片手を当てて意地悪く笑い、レスターを見つめた。

「僕が住み処の常闇に戻ったら、あなたに痛み止めの魔法をかけてやる奴がいなくなってしまいますよ。あの薄情女は、今ごろ馬車の中なんですから」

「薄情女？　誰のことだ」

淡々と答えるレスターに、エドは少し妙な顔をする。

「わからないとは言わせません。シェリルさまのことです」

「あれが薄情か。――まさか」

低い笑いを零し、レスターは背もたれに深くもたれて目を閉じた。

そうして目を閉じると、レスターはいつでもあの夏を思い出すことができる。

青い空と、どこまでも広がる花畑と、妖精のような少女。あの景色を思い出している間だけ、レスターは呪いの痛みから逃げ出すことができた。

彼女は記憶の中ですら、レスターの救いだった。

そして――現実でも、レスターを救ってくれた。

信じがたいものを信じ、自分の身を捧《ささ》げてくれた。

彼女が自分に抱きついてきた婚礼の夜を思うと、今でも奇跡だとしか思えない。

記憶のままの無垢《むく》な瞳が自分を見上げ、涙ぐんで笑い、しまいにはしどけなく裸身を預けてくれた。よほどの勇気と、情と、無謀な信頼がなくてはできないことだ。

「シェリルはどこまでも情が深い。そうでなくて、俺をずっと忘れずにいてくれるものか」

「はー……ベタ惚《ぼ》れですねえ」

（ベタ惚れか。そうか。そうだな、ベタ惚れだ）

あまりに月並みな言葉だが、そのとおりだ。

レスターはシェリルを愛している。あまりにも、愛している。

彼女を視界に入れるだけで高揚するし、触れれば皮膚の下が沸き立つし、抱けば恍惚《こうこつ》で忘我の域に達してしまう。目に入れても痛くないどころか、どのような苦痛を与えられても、笑って許せる自信があった。

彼女の存在だけが星で、この世のあらゆる人間は泥の団子に等しい。

「だったら早く、追いかけたらどうですか。どうせ晩餐会の客から、あることないこと吹き込まれただけでしょう？」

エドの進言に、レスターは素っ気なく答えた。

「誰に、何を吹き込まれたかはわかっている。この屋敷に裏通路があるのはおまえも知っているだろう？　晩餐会で行われた密談すべては、裏通路に配した闇の男たちが聞き取った」

「はあ、マメですねぇ。僕は常闇神の眷属ですから、人間界の陰謀の内容はどうでもいいですよ。あなたの呪いに対抗する力が面白くて、近くで観察したいだけです」

ひどくつまらなさそうに言うエドは、レスターが呪いを引き継いだときに部屋の闇から現れた不思議な存在だ。以降しつこくつきまとうので、普段は使用人のふりをさせている。

　エドは使用人ごっこをほどよく楽しみ、呪いの痛みを軽減する魔法でレスターを延命しながら、レスターの『呪いに対抗する力』とやらを観察しているのだそうだ。

　レスターとしては半信半疑の話だが、エドの魔法は確かに効く。

「――そうだな。おまえは物好きなだけの眷属だし、俺はおまえの正直さと魔法が役に立つからそこに置いているだけだ。ところが皇帝の側近たちはおまえの存在についても嗅ぎつけて、せっせと深読みしている。もちろん、シェリルのことも」

「深読み？　どんな？」

　嫌そうに片眉を上げるエドに、レスターは投げ出すように答えた。

「俺がおまえを拾ったのも、シェリルと結婚したのも、俺が帝位を狙う布石なんだそうだ」

「はあ……？」

　エドの口がぽかんと開いた気配がする。

　彼はしばらく呆《あき》れ果《は》てたのち、素っ頓狂な大声を出した。

「こんなとこに引きこもって長いあなたが、今さら帝位⁉　で、僕もシェリルさまも、帝位のためにあなたの呪いを軽減してるって思われてるわけですか。はあ～……バカだな～。どう見てもレスターさまはそんな気力なんかないのに！」

「……本当に正直だな、おまえは」

　普通だったらこの場で手討ちになってもおかしくないぞ、と思いつつ、レスターは小さな失笑を落とす。

エドの言うことは正しい。

とはいえ、皇帝の側近の発想もわかる。

(コリンズだったか。あれは有能で、かつ、異母弟の忠臣なのだろう。俺の悪事の資料とやらにはいささかのねつ造もあったようだが……真実も多かった。あれは、心から異母弟の敵を廃したいだけなのだ)

「皇宮は陰謀の巣だ。あそこで暮らすと、そういう発想しかできなくなる」

常に笑顔の裏にぎすぎすしたものを秘めた貴族たち、出されるたびに毒味される食べ物、重圧ですぐに気絶する女性陣、不安から酒に溺れる皇族。

あの場所は見た目は美しいが、住まう者の精神は常に饐《す》えた匂いを発していた。

エドはそんなことには本当に興味がないのだろう。腕を組み、適当な声を出す。

「なるほどねえ。そうしたら、あのコリンズっていうのが、あなたの皇位狙いを邪魔するためにあなたとシェリルさまの仲を裂いたってことですか?」

「そうなるな。まあ、すぐに俺を暗殺しようとしないだけ、誠実で穏やかな男だ」

「わかってるなら、あそこまで突っ張ってやることはなかったんじゃ? あなただ今僕に話したような真実を話せば、シェリルさまはコリンズじゃなく、レスターさまのほうを信じたでしょう」

「そこだ、問題は」

「は？」

エドはますます首をかしげる。

（こういう機微は、常闇の眷属にはわかるまい）

レスターは豪奢な椅子の肘掛けに頬杖《ほおづえ》をつき、薄暗い部屋の大時計を見るともなく見た。

レスターがシェリルの婚約を破棄させるために橋を落としただの何だのはコリンズのこじつけだが、レスターが彼女を手に入れるために、あらゆる手段を使ったのは本当だ。

長い時間がかかった。なるべく穏便に裏から手を回そうと思えば手間も、財産もかかった。

何一つ、面倒だとは思わなかった。

あの谷で出会った少女の正体を突き止め、年頃になるまでありとあらゆることを調べ上げさせて報告させた。素直に婚約するには身分違いすぎるのはわかっていた。

ならば、身分を揃《そろ》えればいい。

自分は悪評を立て、シェリルには他の選択肢をなくさせる。

それを繰り返していれば、いつかは周囲も諦めて、ふたりの結婚を口に出す。

レスターの長大で執拗な計画は、無事に成果を収めた。

（俺は邪悪だ。間違いない）

シェリルを手に入れるためなら、レスターはなんでもできる。

そして。

「シェリルは、俺がどれだけ邪悪でも、俺を信じ、俺を愛する」

口にすると、胸につきり、と針が刺さったような痛みが走る。

レスターは美しい眉を寄せ、奥歯を噛みしめた。

シェリルが欲しい。ずっと手元に置いておきたい。守ってやりたい。彼女のためならなんでもする。一生を捧げる覚悟がある。この思いは熱く、暗く、古い沼のように底なしだ。

揺るぎない真実ではあるが、汚い、と、思う。

自分のような男は本来、あの、妖精のようなひとにはふさわしくないのだ。

「……逃がせるものなら、逃がしてやりたい」

ぽつり、とつぶやき、レスターは目を閉じた。

逃げろ、と、思う。

逃げろ、シェリル。俺から、全力で逃げていけ。

皇帝の庇護《ひご》下に入れば、レスターですら軽々しくは手を出せない。

これがおそらく最後で、最良の機会。今逃げ切ってくれるなら、それでいい。

一生後悔し、苦しむだろうが、それでもいい。

シェリルが自分のいないきれいな世界で生きられるなら、それもいい。

(どうか、俺を、追わせないでくれ)

――必死に祈るうちに、ふわりと鼻先に懐かしい匂いが香った。

幻覚だろうか、と思い、レスターはうっすらと目を開ける。

夜明けを迎えた世界はピリピリとレスターの体をさいなんだ。だが、その痛みが少しだけ軽い場所がある。

レスターはのろのろと指を動かし、上着のポケットを探った。

そこから出てきたのは、入れた覚えのない小さな布袋だ。

鼻先に持ってくると、懐かしい匂いがした。

あの――花畑の花を使った、ポプリだった。

第四章　星の森、花の谷

「お疲れでしょう、シェリルさま」

「え……いえ……」

そんなことはありません、と答えようとしたが、シェリルには直近の記憶がなかった。

ぼうっとした視界を眺めてみると、立派な箱形馬車の車内が見える。

重厚な真紅と金の内装、自分の横には見慣れたアリスの姿、そして向かいの席に座る男は、若草色の貴族服を着ていた。

（あ……そうだわ。私、晩餐会が終わったあとに逃げ出して……皇帝の側近のコリンズさまの馬車に乗ったのだった……）

思い出すと急激に意識が覚醒する。

まつげに残った眠気を指でおさえながら、馬車の窓のほうを見た。

半ばカーテンで隠されているものの、隙間からはまばゆい真昼の光が差している。

「私、疲れて眠ってしまったんですね……今は、どのあたりでしょう？」

シェリルが問うと、コリンズは鷹揚《おうよう》に答える。

「もうそろそろ公爵領から出るところです」

「公爵領から……そうですか……」

「このまま飛ばせば夜には帝都に着きますが、晩餐会もあり、皆疲れている。一度、馬を替えに旅の宿へ寄りましょう」

「お気遣い、感謝いたします」

ほとんど機械的に答えながら、シェリルは自分の心を持て余している。

（本当に、これでよかったのかしら）

馬車に乗ってから、同じ問いを浮かべるのは何度目だろう。

屋敷から逃げ出すときはレスターの悪におびえ、彼と距離を取るのに必死だった。

しかしこうして順調に距離を取れてしまうと、逆に様々な疑念が湧いてくる。

（レスターさまの、あの目……あの、言葉。あの暗さを思えば、コリンズさまの資料に書かれていたことは、まったくの嘘じゃないと思う。でも、レスターさまは私に見張りをつけることもせず、追っ手もよこしていない）

なぜ、と、思う。

本当にシェリルを傷つけたいほど執着しているというのなら、なぜレスターはこのように半端なことをするのだろう。

一番手間がないのは、最初の結婚式の後にとっとと自分を閉じ込めてしまうことで、でもレスターはそれをしなかった。

(あの方は、何度も私を閉じ込めたいようなことをおっしゃる。でも、しない)

彼を思うと脳裏に浮かぶのは、大きな鳥籠を持ってたたずむ姿だ。

鳥籠の扉は開いたままで、虚しく風に揺れている。

その幻影は、シェリルの胸をずきりと痛めた。

(私、間違ったんじゃないのかしら。あの方を、また、ひとりにしてしまった)

たったひとりであの屋敷に残されたレスターは今、何を考えているのだろうか。

眠っていてくれればいいけれど、万が一起きてでもいたら。

あの屋敷の冷えた廊下で、広すぎる寝室で、窓のない執務室で、どこにいても、きっとレスターの体は痛むだろう。本当なら明け方に交わって、痛みのない、心地よい眠りに落としてあげるはずだったのに……。

「——ときに、シェリルさま」

「は、はい。なんでしょう?」

名を呼ばれ、シェリルは目の前に意識を引きずり戻した。

途端にちかり、と目の前が光った気がして、反射的に目を細める。

(なんなのかしら、これ。コリンズさまを見ていると、たまに目がおかしくなってしまう。以前、街中でも、同じようなことがあったような……)

どうにか視界をはっきりさせようと努力している間に、コリンズは蕩々《とうとう》と話し始めた。

「ひとつお聞きしたいことがあるのですが……アッシュフィールド男爵家には、家宝と呼べるようなものは何かおありだったのでしょうか?」

「家宝、ですか? 何分、名誉しかない男爵家ですから、古い剣や鎧《よろい》くらいしか……」

急に何を聞いてくるのだろう、と思って答えると、コリンズは熱心にうなずく。

「さようですか。いえ、わたしも公爵のことを調べているうちに色々考えたのですよ。レスターさまがあなたにこだわられた理由を。あの方も複雑な事情を背負っておられる。あなたがご存じかは知りませんが——ここだけの話、あの方は、呪われているのです……」

「はい」

「おや、気のない返事だ。ひょっとして、ご存じでしたか?」

コリンズの視線が、シェリルの顔の上を這い回っているのを感じる。

直感的に、嫌な目だと思った。

直後、また目の前がきらきらっと光る。

(この光……何か、私の気持ちと連動しているのかしら。それとも何か、ふつうでは見えないようなものが見えているとか?)

シェリルは目を細めて、どうにか邪魔な光を避けてコリンズを見ようとした。

その間も、コリンズは続ける。

「だとしたら話が早い。晩餐会のとき拝見したレスターさまは、大分呪いの症状が軽くなっているようでした。ひょっとしたらあなたには、レスターさまの呪いを軽減する何かがあるのかもしれない」

（そうね。そうだと思います……と、言うわけにはいかなそう）

シェリルはぞわりと来る嫌な予感を抱えつつ、軽く唇を噛んだ。

元からコリンズがただの善人だと思ってついてきたわけではない。あの場から逃げるには他に方法がなかったのだ。しかし思った以上に、彼には何やら思惑があるらしい。

コリンズの目つきが段々と狡猾《こうかつ》な蛇のように見えてきて、シェリルはじわりと拳の中に汗を掻いた。隣に座ったアリスも、どこかこわばった表情でコリンズを見つめている。

シェリルは小さく息を吐き、レスターの言葉を思い出した。

（嘘を吐くとき、私は視線がさまよいがちなのだっけ）

ならば、逆を心がければ嘘を嘘と気づかれずに済むだろう。

シェリルは真っ向からコリンズを見つめ、わざと不安げに言葉をつむいでいく。

「呪いを軽減する何かというのは、たとえばお薬のようなものだったりするのですか？　我が家に伝わる秘薬のようなものは、特に聞いたことがないのですけれど……」

「ほう、そうですか。いや、わたしもよくは知らないので、あなたから教わろうと思ったんですが……ご存じないなら仕方ない」

コリンズはシェリルの目を見つめ返しながら、残念そうに言う。

ひとまず、嘘が嘘だとばれた気配はなさそうだ。

シェリルがほっとしていると、また、目の前がちかちかっと光る。

「解呪の力というのは、光明神の力。その力が発現するときは光を伴う――というのだけは存じております」

「光を、伴う」

シェリルは思わず口の中でつぶやいた。

何しろ、ちょうど目の前でひどくまばゆい光が散っていたからだ。

光の向こうで、コリンズは続ける。

「ええ。星の光が見えるそうです。光明神の力が発動するのは、悪意を持つ者を見分けるときか、常闇神の呪いを解くときだけとのことです。媒介には星の欠片が必要だとも言うのですが――本当に、家宝の宝石などは持ってこられておりませんか？」

ちかちか、きらきら。

目の前で輝き続ける光を見つめながら、シェリルはわずかに目を瞠る。

この男は、今、何を言った？

レスターの呪いを解くのは、光明神の力だけで？

その力が発現するときは光を伴い――呪いを解く他には、悪意を見抜く……？

（この方がおっしゃることが本当なら、この方、私に悪意を抱いているの？）

まさか、と思い、何度か考えてみたが、結論は同じだった。

この光を以前見たのは、街中でバートンという山賊のような男と出会ったとき。彼は自分とレスターに、明らかな悪意を抱いていた。これが光明神の力だというのなら、目の前の男もバートンと同じくらいの悪意を抱いて自分に接している。

そんな男を信用して、ここまでついてきてしまった。

明らかになった真実が、腹の底をむかむかさせる。

そして――もうひとつの真実。

シェリルは、レスター自身には一度もこの光を見たことがない。

「あ…………」

考え至った瞬間に、思わずうめきが漏れてしまった。彼といたときに光っていたのは自分の方で、それはおそらく、解呪のための光。

（それって、つまり、レスターさまは、私に悪意を向けたことはない、ということで。最初に出会ったときから、今朝、邪悪なことを口に出したあのときまで、一度も、私に悪い考えを抱いたことはないと、いうことで）

「どうされました、シェリルさま」

思わずうめいたシェリルを、傍らのアリスが心配する。

シェリルはとっさに笑顔を作ろうとしたが、うまくできなかった。

仕方がないので深くうつむき、シェリルは弱々しい声を出す。

「ごめんなさい……今朝のこともあって、緊張してしまって。少し気分が悪いかも……」

「それはそうですよ、仕方のないことです……！　窓を開けましょう」

アリスは甲斐甲斐しくシェリルの背中をさすり、窓にかかっていたカーテンを全開にした。

そうされている間に、気づいたことが頭の中をぐるぐる回る。

風に髪になぶられながら、シェリルは涙がにじみそうになるのを、ぐっと堪えた。

（目に見えたものを信じるだなんて言って、全然嘘。よりによって一番大切なひとを、一番大切なときに、信じられなかった）

レスターは今、どうしているだろう。

一体どんな思いで、あんなことを言ったのだろう。

すぐにも座席から跳び上がり、元来た道を戻ってと御者に叫びたい。

でも、できない――。

そんなことをしたら、目の前の男になにをされるかわからない。

目の前の男には明らかな悪意があり、皇帝の側近という権力があるのだから。

（どうしたらいいんだろう。このまま帝都に行ったら、コリンズさまたちの思惑にからめとら

れてしまうのはわかりきってる)

シェリルはうつむいたまま、必死に考え続ける。

コリンズは彼女の体調不良を信じたのか、親切めかして告げた。

「ご無理をさせてしまいましたね。幸い、もう少しで宿に着きます。……そら、もうすぐそこですよ」

彼の言葉は本当で、馬車はほどなく片田舎の宿の前に停《と》まった。

アリスに体を支えられながら馬車を降りると、辺りはぽつぽつと花の咲く中に厩《うまや》と石瓦の素朴な宿が寄り添ってたたずむ、牧歌的な景色が広がっている。

宿の前にはすでに大型の駅馬車が停まっていて、それなりに身なりはいいが貴族ではない客の姿がちらほらと見えた。

「話はつけておきましたから、食事と仮眠をとっていてください。我々は、馬の交換と、帝都への連絡を入れます」

コリンズと御者たちはそう言って去り、アリスとシェリルは駅馬車の客たちと共に食堂の食卓につく。塩漬け肉と新鮮な野菜を煮込んだシチューに、焼きたての雑穀パンという素朴なメニューが並ぶと、自然と腹が減った。

(何をするにも、食べておかないと)

シェリルは雑穀パンをちぎってシチューに浸しながら、まだ考え込んでいる。

アリスはそんなシェリルの様子にただならないものを感じたのだろう。

木製の匙《さじ》を片手に、声を潜めて語りかけてきた。

「どうかなさいましたか、シェリルさま。ご体調はいかがです？」

「……体調は、実は、悪くないの」

「……なるほど……？」

アリスはシェリルに問うような視線を向ける。

シェリルはそんな彼女を見つめ返し、声を潜めて囁き返した。

「ずっと考えていたのだけど、アリス。私、コリンズさまを、無条件に信頼できない。あの方はあの方で、嘘の気配がするわ。帝都のごたごたにレスターさまを巻き込みに来たのかも」

「それは……」

アリスは戸惑って一度言葉を切る。

少し不安げな彼女に向かって、シェリルは慌てて言葉を付け足した。

「あの、アリスを責めたり、疑ったりは全然してないから安心して。お屋敷を出たのは私の意思。このままレスターさまの元へ戻ろうとも思っていない。ただ、一度、公正な目ですべてを見た方がいいと思って」

「そう、ですね。それが、理想だとは思います」

「でしょう？　わかってくれて嬉しい」

ほっとはしたが、問題は今後どうするかだ。

シェリルが頭にぼんやりある計画を練っていると、隣に座っていた裕福そうな婦人が声をかけてきた。

「――ねえ、お二方ともお疲れのようだけれど、大丈夫？　急いで帝都へ行かれるの？」

「そのつもりだったんですが……」

言葉を濁すシェリルに、三十代後半であろう婦人はきゅっと眉を上げた。

「……訳あり？」

「すみません、奥方さまはお疲れですので、あまりお話は……」

アリスがシェリルを守るようにして間に入る。

しかしお節介な婦人はめげなかった。声を潜めてぼそぼそと続ける。

「見たらわかっちゃうのよ。ほら、お召しになってるものだって、仕立てはいいけれど明らかに夜用で、旅用でもない。どこかから逃げてきたか、攫《さら》われてきたって感じ。でも、必要以上に首は突っ込まないわ。ただね、私、売り物の古着を持っているの。服は必要じゃない？」

「お気遣いはありがたいですが……」

「あの！」

アリスは婦人の申し出を断ろうとしたようだったが、シェリルはとっさに口を挟む。

困り顔のアリスを今は無視して、シェリルは真剣な顔で囁いた。

「古着、ほしいです。現金はないので、このドレスと交換になってしまいますが、女性の仮眠部屋で商品を見せてください。それと、皆さんの乗っている駅馬車はどこ行きですか？　帝都行き？」

「逆よ。私、帝都から山ほど程度のいい古着を仕入れてきたところなの。これから南下するわ。大草原地帯を抜けて、七湖《ななこ》地帯から、龍《りゅう》の巣《す》海《かい》まで行くの」

（……！　その経路なら、男爵領の近くを通る……！）

頭の中で地図を広げ、シェリルはぱっと顔を明るくした。

「シェリルさま……」

アリスは不安げに袖を引いてくるが、シェリルの心はもう決まっている。

袖をつまんだアリスの手を取り、その顔をじっと見つめて告げた。

「……アリス。私たち、コリンズさまの目を盗んで駅馬車で逃げましょう。家に帰るの。あの、花の咲く谷へ！」

†　†　†

長いこと荒野同然の道を走り続けた駅馬車は、まばらに生えた林のほとりで停まった。

扉が開き、ぎし、と音を立ててふたりの女性が降りてくる。

庶民的なくるぶしが出る丈のドレスに着替えた、シェリルとアリスだった。

「よし、じゃあ、行くわよ、アリス」

「少々お待ちを。ランタンの明かりを調節します」

アリスが明かりをいじっているのを見守りながら、シェリルは背負った荷物を揺すり上げる。

中に入っているのは、途中の宿で買い取らせてもらったいくらかの食料と水と毛布だ。

ここから男爵領は、順調にいけば歩いて半日。

とはいえ迷う可能性もあるから、手ぶらで行くのは危険だった。

「本当にここで大丈夫なの？」

身を乗り出した、古着商の女性が心配そうに聞いてくる。

「はい！　充分遠回りしていただきました。ろくにお支払いするものがなくて、ごめんなさい」

シェリルが謝ると、女性はポケットから出した小さなブローチを振った。

「支払いはこれで充分だよ。気をつけてお行き」

「平気です、山の貴族のいる場所は、おかげさまで無事に抜けましたから」

「シェリルさま、準備ができました。参りましょう」

「わかったわ。それじゃ、本当にありがとうございました……！」

シェリルは駅馬車に手を振り、空を仰ぐ。

真っ黒な夜空に、金砂をぶちまけたような星空だった。月よりも星の光が強い夜。

（これなら、方角がわかりやすい）

シェリルはひときわ目立つ北の星を見つけ、軽く頷いて林のほうへ歩き出す。

「こっちよ。行きましょう」

「はい。くれぐれも足下にお気をつけて」

アリスは言い、シェリルの少し前に立って歩き出した。

ランタンの明かりがふらふらと揺れ、でこぼことした林の地面を照らす。しばらくは、はぁはぁというふたりの呼吸音しか聞こえなくなった。

（昔はこれくらいひょいひょい歩いたけれど、今は少し体が重い）

シェリルは短めのスカートをさらにたくし上げながら、懸命に足を前に出していく。

コリンズをまくのは案外簡単だった。というのは、シェリルの訳ありな様子に駅馬車のみんなが色々と妄想を逞しくし、詳しく説明しなくても協力してくれたからだ。

（いい服を着た若い貴族の女が実家に帰ろうとしている、というあたりで、きっと離婚騒動を想像されたんでしょうね。まあ――そう、遠い話でもないのかも）

このまま実家に帰ったとして、どうなるのか。

アッシュフィールド男爵家は、残念ながら弱小貴族である。

大した調査能力も調停能力も持たない。皇帝の側近であるコリンズと、皇帝の異母兄であるレスター公爵、どちらの圧力もはねのけられはしない。

(レスターさまとコリンズさま。どちらが先にアッシュフィールド男爵領まで交渉にいらっしゃるかで、私の運命は決まってしまうのかも)

いい大人になったのに、自分のやっていることは壮大な追いかけっこなのかもしれなかった。

シェリルは荒い息の合間で、ふ、と笑ってしまう。

それを聞きつけたのか、少し先を歩いていたアリスが振り返った。

「シェリルさま。少し、休みましょう」

「え？　でも、もうすぐ家よ？　がんばってしまいましょう！」

シェリルは疲労で青くなった顔で笑う。

アリスはランタンでそんなシェリルを確認すると、険しい顔になった。

「……酷い顔色です。下手に足を滑らせたら危険ですし、夜明けまで休んだほうがよいかと」

「でもね、アリス。一刻も早く家に帰って、それで、色々と本当のことを調べて」

「レスターさまは、来ないかもしれませんよ」

「な、に？」

急に話を断ち切られ、シェリルは目を丸くした。

思わずふたりして足を止め、夜の林の中で向かい合う。

どこかで夜に鳴く鳥が声を上げ、少しばかり冷え始めた秋の風が通り過ぎていく。

シェリルはアリスをまじまじと見つめ、彼女がどこか悲しい目をしているのに気づいた。

「シェリルさまは、ご実家にいれば遠からずレスターさまが迎えに来られると思っておられるのでしょう？　そのときには、諸々を説明してくださる、とも。……でも、レスターさまは、迎えには来ないかもしれません」

アリスの言葉は、なぜだか酷くシェリルの心に響いた。

彼女が放つ言葉はシェリルのためのものだから、悪意なんか少しもないから、かもしれない。

シェリルは疲労でかすれた声で問う。

「……なんで、そんなことを言うの？　あなたは、何も知らないわ」

「そうですね……私はシェリルさまのように、レスターさまの愛情を知らない。だから、こんなことが言えるのだと思います。愛情というのは、ひとの目を曇らせます。シェリルさまの澄んだ目でさえも」

アリスはどこかつらそうに目を伏せてから、ぎゅっと拳を作って視線を上げる。

「でも、シェリルさま。私は庶民の生まれで、それなりに男女の修羅場も見てきました。だから、レスターさまの愛情がどんなものかは、薄らわかります。あの方は、獣のように、熱く、深く、あなたを愛していらっしゃる。そして……それに、おびえていらっしゃる」

「アリス……」

シェリルは呆然《ぼうぜん》とつぶやいた。

そんなことはないわ、と言いたかった。

レスターのことは自分が一番知っているわ、と。

けれど、心のどこかでは、アリスの言うことに納得もしていた。

最後にこちらを見つめていた、レスターの恐ろしい瞳。

あそこにあったのはシェリルへの悪意ではなかった。嫉妬ですらなかった。

多分、アリスの言うとおり、おびえだった。

(でも、レスターさまのおびえって、何。どうして、私におびえるの)

「あの方は、あなたを深く愛するたびに、己の愛の深さにおびえているようでした。あの方の中で愛が勝てば、お迎えにはいらっしゃるでしょう。でも、おびえが勝ったとしても……それもまた、あの方の誠実なのではないかと、私は思います」

「……私……」

シェリルは口を開き、言葉をなくす。

と、そのとき、空が光った。

朝が来たのかしら、と一瞬思いかけて、ぎょっとする。

(そんなわけにはないわ。まだ時は夜半のはず)

シェリルとアリスは、ほとんど同時に頭上を見上げた。

空に向かってつんつんと生える木々の上で、空が不思議なくらい光っている。具体的に何が光っているのか知るには、林の木が邪魔だった。

ざわり、と不思議なくらい胸が騒いで、シェリルは自分の胸元をぎゅっとつかんだ。

ふと見ると、その指もまた、淡く光っている。

「し、シェリルさま、その光は……？」

「アリス、あなたにも見えるの？」

ぎょっとして言い、シェリルは自分の両手を見下ろした。

肌にまとわりついた淡い光は、レスターの屋敷で何度も見たもの。

コリンズの言葉が正しいのなら、呪いを解くときに発動する光明神の力だ。

(でも、今、ここにレスターさまはいない。それに、この空の光は何)

「……アリス、林を出るわよ！」

「ま、待ってください、シェリルさま！」

アリスは叫ぶが、シェリルはまったく待つことなんかできなかった。

自分の体が淡く光っているせいだろうか、足下がぼんやりと視認できる。不思議とさっきほど息が切れることもなく、シェリルはさして危なげなく林を駆け抜けることができた。

周囲の木々が途切れると、ぱっと視界が開けた。

左右にそびえ立つ山、その谷間にどこまでも広がる緑、さわさわと風に頭を垂れる秋の花。

ここは懐かしい谷間だ。幼いシェリルが通っていた谷間の花畑だ。

そして——空にはまばゆく光る星の数々。先ほどまでも星明かりは明るかったが、今はひとつひとつが出力最大のオイルランプみたいに光っている。

おかげで谷間の花の花びら一枚までもがよく見えた。

「何、これ⁉」

世にも珍しい景色に、シェリルは呆然としながら花畑へ入っていく。

恐ろしいほどの明かりに心がざわつく。

(こんなの、久しぶり……え？　久しぶり？)

自然と浮き上がってきた自分の気持ちに、シェリルはぎょっとして瞬《まばた》きをした。

久しぶりというのはどういうことだろう。こんな景色を見るのは、初めてではないのか。

と、そのとき、しり……ん……と、硬質な音が空で響いた。

同時に、辺りを包む星の光が、さらにぐんと強くなる。

「っ、何かが、落ちてくる！　シェリルさま、走ってください！」

アリスが空を仰いで叫んだ。

シェリルもつられて上を向いたが、光が強すぎて何がなんだかわからない。

「わかったわ！」

とにかく走るしかない、と判断してスカートをたくしあげる。が、光に視界を奪われているせいか、数歩走ったところで何かに足を引っかけてしまった。

「っ……！」

「シェリルさま！」

投げ出された体は花々の咲く大地に受け止められて、さしたる痛みは感じなかった。

（どうしよう、這ってでも、逃げた方がいいの……？）

改めて空を見上げると、もはや目を開けていられないほどの明るさだった。

しりりん、りりん……という音もぐんぐん近づいてきて、涼やかな音の影に子供の笑い声のようなものさえ聞こえる。

（ああ、なんだろう、不思議と、懐かしい……）

いつだったか、自分はここでこの音を聞いた気がする。

この光を、見たような気がする。

あれは一体、いつのこと？

そんなことを考えていると、急に視界が暗くなった。

ぶわりと全身が暖かな布地に覆われ、視界が遮られる。

甘い匂いがした。懐かしいポプリと、上等な洋酒みたいな甘い香り。

同時に、しりりん、りりん！　と、さっきの硬質な音がひときわ強く響いた。

（これは……この闇は、この、匂いは）

闇の中で、シェリルは息を詰めている。

すぐにその体をきゅっと抱きしめて、かけられた布地がわずかにずれる。

視界が回復すると、そこにはあのひとがいた。

険しくも美しい輪郭を、肩に零れる黒い髪を、外套をまとった闇を思わせる衣装を、今は星の光が縁取っている。どこまでも黒い瞳が苦痛を含んで細められ、シェリルを見ている。

「無事か、シェリル……！」

「レスター、さま……。本当に……？」

呆然と名を呼ぶと、レスターはほっとしたようだった。

こわばった肩から力を抜き、改めて両手を伸べてシェリルを抱きしめる。

「幻のように見えるか？」

「いいえ……いいえ……！」

シェリルは懸命に叫び、レスターを抱き返す。

強く、強く、ふたりはお互いを抱いた。

レスターの力はいつもより数段強く、息が詰まる。でも、少しも嫌ではなかった。むしろ抱きしめられているところが彼と同じものになるような感覚だった。

一緒になるのは、嬉しかった。ほっとした。あるべきものになった気がした。

ふたりはしばらくそうしてじっとしていたが、その間にも、しりん、りりん、と周囲では硬質な音が立つ。シェリルがおそるおそる顔を上げると、目の前に光の欠片が落ち、派手に砕け

散るのが見えた。

「きゃっ……！」

「さっきから、空から何かが降ってきている。この谷独特の気象現象か？」

レスターはシェリルを抱いたまま、周囲に視線を配って問う。

シェリルもおそるおそる辺りを見て、アリスが自分の外套の下から空をうかがっているのを確認した。どうやら彼女も無事のようだ。

「おそらく、大事はないと思います。昔、一度、似たような現象を見たような……」

「そうか。とはいえ何か害があると困る。事態が収まるまで、こうしていよう」

レスターは言い、抱いたシェリルをさらに自分のほうへと引き寄せる。

ん、と息を吐きつつ、シェリルはレスターを見上げた。

秀麗な横顔は、ほんの数日離れただけでも少しやつれたように思える。

ずきりと胸が痛むのを感じ、シェリルは言葉を探した。

「レスターさま……その……なんで、私の居る場所がわかったんです？」

本当は何で追いかけてきてくれたのか、と聞きたかった気もする。でも、今はこれが精一杯だった。シェリルの問いに、レスターは少しばかり目を細める。

そうして、いささか意外な答えを口にした。

「……奇妙な話だ。君がいるところは、俺にはいつでもわかっていた。君に危機が迫るときには、特にはっきりと」

「え……？」

（それって、一体、どういう……？）

不思議に思って黙っていると、レスターは、ぽつり、ぽつりと話し出す。

「君が街に出て山賊の頭領と出会った日も、そうだ。酷い胸騒ぎがして、君がいる場所が脳裏に浮かんだ。すぐに駆けつけねばおそろしいことになる予感がして、駆けつけた」

「なんで、そんな……？　居場所がわかるのは私だけ、なのですか？」

「君だけだ。理由は、わからない。それよりシェリル、どうして帝都へ行かなかった」

空の光を監視していたレスターの視線が、シェリルのほうを向いた。

声にとがめだてする気配はなかったが、それでもシェリルはびくりとする。

貴族の奥方が屋敷から逃げただけでも大事件なのに、さらに連れの皇帝の側近をまいたとなれば、前代未聞の域だろう。

（全部、正直に言うしかないわ）

心に決めて、シェリルは口を開く。

「それ、は……コリンズさまが、おそらくは、レスターさまの敵だったから、です」

「頭のいいひとだ……そんなことにまで勘づいたのか」

レスターはじっとシェリルの目を見つめたまま、あまり唇を動かさずに言った。

（私の予想、合っていた。コリンズさまについていかなかったのは、正解）

まずはほっとして、シェリルは少しばかり舌を軽くする。

「はい。最初は衝撃的なことを言われて動揺してしまいましたが、一緒に行動するうちに薄々わかってきたのです。あの方は私たちを引き裂くために、晩餐会に紛れ込んだのですね？」

「君は正しい。皇族同士の騒動に巻き込んで悪かった、シェリル」

レスターの謝罪は真摯で、シェリルはますますほっとした。

これならきっと上手く行く。コリンズのことは、レスターが正式に皇帝に抗議するなりなんなりすれば丸く収まるだろう。自分はレスターのことを信じてさえいればいい。

シェリルはそう信じて微笑んだ。

「そんなことはいいのです。私は、あなたを」

「だが、コリンズの調べたことは本当だ」

「え……」

不意に言葉を遮られ、シェリルは体をこわばらせる。

（嘘でしょう？）

心の中で囁きながら、レスターの顔を見上げた。相変わらず、美しい顔だった。

でも、今は、どこか少年じみた表情を浮かべていた。

苦痛を噛みしめるように、失うものを惜しむように端整な顔をゆがめて、彼は囁く。

「俺は悪党だ。変わってしまったんだ、もうあの頃のきれいな俺じゃない。本当は、君に触れる資格などない男だ」

（なぜ？　どうして？）

「結婚など諦めるべきだった。遠くから見守るべきだった。まともな人間ならできたはずだ。だが、俺はしなかった。一番邪悪な手を選んだ。どうにかして君をこの手に抱いて、放したくなかった。本当に籠に入れてしまいたかった。俺は、そんな自分が、この世で一番憎い」

苦い毒を噛みしめるようにレスターは言い、深いため息をついてシェリルの肩に額を預けた。

その所作の力なさに、彼が恐ろしい苦しみの中にいることがわかった。

彼の、魂を感じた。

今、レスターは、心の底からの本音を喋っている。

「今回のことは、君を手放す最後のチャンスだと思った。なのに、君が上着に入れておいてくれたポプリを見たら、わけがわからなくなった。気づいたら、君を追っていた。俺はもう、どうしようもない……俺との仲を断ち切れるのは、君だけなんだ、シェリル」

（ポプリ……気づいてくれたの？）

彼が言うのは、おそらく晩餐会前にシェリルが彼のポケットに潜ませたものだろう。

晩餐会で降りかかるかもしれない災禍から彼が守られるように、そして少しでも心安まるようにと、故郷から持ってきたポプリを小分けにして入れたのだ。

ポプリの花は、あのときものだった。

レスターに捧げた、大好きな花。

あのとき戸惑いながらシェリルから花を受け取った少年が、今、シェリルの腕の中で声を震わせて訴えている。自分の罪を告白し、シェリルに懇願を繰り返している。

しかもその内容は——。

「愛想を尽かしてくれ、危険なときにだけやってきていい顔をする、こんな俺に欺《だま》されなくていい。利用しろ。利用できるだけ利用して、できれば、去って行ってくれ」

「……勝手だわ」

ほろり、と、言葉が唇から漏れた。

背に回ったレスターの手がわずかにこわばる。

「シェリル」

いささか力なく名を呼ばれ、シェリルは大きく息を吸う。

全身に力を溜めると、ぐい、とレスターの体を押しのけた。

レスターが顔を上げ、戸惑ったような黒い瞳と視線が合う。シェリルは、叫んだ。

「あなたが悪党だと、どうして愛してはいけないのですか!?」

「…………それは」

「私をそんなにきれいなものだと思ってらっしゃるの？　それか、その手で抱くくらいで汚せるとでも思ってらっしゃるの？　勝手だわ、そんなの！」

苛烈なシェリルの叫びに、レスターは呆気《あっけ》にとられたようだった。切れ長の瞳が瞠られるのをにらみつけながら、シェリルはさらに叫ぶ。

「勝手に現れて、勝手に愛させて、勝手に去れという！　私の意思は？　私の愛は？　一体どこにあるんですか……⁉」

（こんなにはしたなく怒鳴ったら、それこそ愛想を尽かされるかも。でも、それでもいい）

自分の心を知らせないままレスターと別れるようなことになったら、それこそ死んでも死にきれない。それに比べたら、本当のことを叫んで嫌われるほうがマシだった。

レスターはしばし呆然としていたが、瞳は妙にきらめいている。

辺りはまだ星の光でまばゆく輝いており、その光がレスターの瞳に砕け散ったかのようだ。

彼はまじまじとシェリルの目をのぞきこみながら、どこかぼんやりと言う。

「……すまない、シェリル。しかし、俺は、君を搾取したくない。俺のそばにいるかぎり、俺は君の力を吸い取り続ける」

「搾取？　呪いを解く力のことですか？　あれは光明神の力なんですよね？　私、あれで疲れたことなど一度もありません。そもそもあの力はレスターさまと一緒のときしか発動しないようですし、それに――」

（それに……何？　今、何か、思い出しかけた、ような）

感情を高ぶらせて叫び続けていたせいか、周囲が懐かしい花畑のせいか、それとも、この派手な光のせいか。シェリルの頭の片隅で、遠い記憶の欠片がきらめいた。

あれは——そう、あの、夏のこと。

と、そのとき、レスターの真横に大きめの光の欠片が落ちた。

カッ、と白い光が辺りを覆い、まぶしさにレスターが顔をゆがめる。

「くっ……！」

「レスターさま！」

レスターは手のひらで光を避けようとしたが、それでは足りない。

シェリルはわずかによろけた彼に抱きついて、引きずり倒す。

うずくまった彼を自分の背に隠そうとして、はっとした。

（あった。同じことが）

あのとき。あの夏。レスター少年と過ごした夏の、ある夜。

あの日もこんな風に不思議な光に満ちていた——どっ、と記憶があふれる。

『レスター、見て、星がとっても明るい！』

『大丈夫？　シェリル。あの星……落ちてくる！』

『え？』

星が落ちるなんてこと、あるかしら。

びっくりしたシェリルの目の前に、しりん！　と音を立てて星が落ち、砕けた。

ものすごい光に、レスターはまぶしくて顔を覆う。

『大丈夫？　レスター！』

『まぶしくて、何も見えない……』

当時から呪いを受けていたレスターは光に弱かったのだろう、力なくうめいてうずくまる。

そんなレスターの周囲に、シェリルは光り輝く少年たちが出現したのを見た。

一体どこから来た、何者なのか。

どう考えても人間ではない、光で出来た少年たち。

彼らはレスターを取り囲み、あはは、うふふと笑いながら、光る星の欠片を投げていた。

『ちょっと、やめなさいよ！　やめて！　レスターが嫌がってるじゃない！』

シェリルの叫びに、光の少年たちは驚いて振り返る。

――へえ。君、僕が見えるんだね？

――才能があるひとだ。

『才能って何？　なんでもいいから、その子を虐めないで！』

――虐めてないよ。この子が闇に呪われてるから、からかっただけ。

――君はなんなの？　こいつのことが好きなの？

『好きに決まってるわ。大好き！』

——ふうん。……だったら、僕のこと、飲んでみる？

『え？　何、それ』

戸惑うシェリルを、光る少年たちは取り囲む。

——光明神の力を受け入れる才能がある。

——だから僕を飲んでごらん。無事に飲めたら、この子の呪いを薄められるかも。

——でも、失敗したら、って、うわっ、待って、最後まで、話を……！

シェリルは気にせず、少年たちの光る体に手を突っ込んだ。すると不思議なことに、少年たちの姿は消えて、シェリルの手のひらには小指の先ほどのかわいい光る石が残された。

飲んでごらんって、きっと、これのことよね。

シェリルはしげしげと光る石を眺めたのち、ひと思いに呑みこんだ。

『っ、シェリル……！　何を飲んだんだ？』

当時のレスターが慌てて聞いてくる。シェリルはにっこり笑って答えた。

『……大丈夫、美味《おい》しい！　ちょっと甘いし、すっきりしてて』

『でも、ものすごい光が君の中に入っていったよ。尋常じゃない光り方だった……』

『ああ、それはね、今のが星だったから！　私、あなたを助けるために星を飲んだのよ』

『俺を、助けるため……？』

レスターのきれいな青色の目が瞠られる。

そこに星の光が映り込むのを、シェリルは大層美しいと思って眺めた。

こんな美しいものを守れるなら、それはきっと素晴らしいことだ。

シェリルはわくわくしながら自分の胸に手を当てる。

『そう。私、あなたが大好きだから。故郷に帰ってからも、呪いとか、虐めとかで大変だったら、いつでも呼んでね。お父さまやお母さまにお願いしてとんでいくわ！』

話せば話すほど、レスターの目は大きく瞠られた。

きら、きらと、彼の目が光る。

『……俺のために』

『そう、あなたのために！』

シェリルがそう告げたとき、視界がひときわきらきらっと輝いた。

幼いシェリルの体が星の光に包まれ、その一部が、すうっレスターの体にも流れ込んでいく。

シェリルとレスターは見つめ合ったまま、星降る花の谷で、同じ光に包まれていた。

遠い、遠い記憶。

あまりにも不思議なせいで、夢なのかも、と理性に押しのけられていた記憶。

それが今、鮮やかに蘇った。

（私の体の中には、星がある。そしてその光は、レスターさまの中にも、ある）

ふたりはあの日、同じ星を分け合ったのだ。だからこそ、レスターはシェリルの危機がわかり、シェリルの力はレスターと結婚したときから発現したのだろう。

この星の力は、ふたりのものだった。

「……思い出した」

ぽつり、とレスターの声がして、シェリルは思い出からはっと我に返る。

顔を上げると、星の光をまとわせた花畑に座りこんだ彼が、呆然とシェリルを見ていた。

「まさか、レスターさまも……？」

「ああ。あの夏の夜。あの夜も、今夜のようにたくさんの星が降って、君は……」

夢見心地の口調でそこまで言ってから、レスターの顔がわずかにゆがむ。

「君は、俺を、助けるのだと、言った」

しりりん、と音がして、レスターの後ろにまた、星が落ちた。

あはははは、と、少年の笑い声が聞こえた気がする。

あのときの少年たち——星の化身であろうものたちが、その辺りにいるのかもしれない。

約束の地に揃ったシェリルとレスターをからかいに、遊びに来たのかも。

シェリルは、目の奥がじわりと熱くなるのを感じる。

「私も思い出しました。この解呪の力は、あなたのために、自分の意思で手に入れたもの」

刻み込むように言えば、心がゆるやかに奮い立っていく。

もう、迷うことなどなかった。

最初に出会ったあの夏から、ふたりの運命は決まっていたとわかったのだから。

(私たちの運命は、あのときの私の、幼い『好き』から始まった)

シェリルはそのことが、少しも嫌ではなかった。

あのときに、彼を助けたいと思えたこと。

そのために行動できたこと。そうして力を得られたこと。

大人になって、彼と再会できたこと。今も彼を助けられていること。

助けたいと、思い続けていられること。

すべては得がたい奇跡で、しあわせだった。シェリルはレスターに手を伸ばす。

「お願いです、レスターさま。どうか、私を捨てないで。この体も、この力も、みんなみんな、あなたのためにここにあるから」

レスターが途方に暮れた顔でこちらを見ている。

彼はもう逃げられない。光の弾ける花畑で、シェリルに手を取られるままになっている。

「シェリル──シェリル、俺は……どうしたら……どうしたら、いい」

揺れる声、苦しみの欠片が残る声。

彼は愛するよりも、愛されるほうがつらいのだろう。呪われたまま長くひとりで過ごした日々が、彼を極端な行動に走らせた。心の底ではいつも傷つき、後悔していたに違いない。

だからこそ、今もシェリルに手を伸べるのにためらってしまうのだろう。

(でも、ごめんなさい。私はもう、あなたを助けるのを、諦められない)

罪はふたりで償っていく。シェリルはとうに、そのつもりだった。

「抱きしめてください。今は、それだけで」

シェリルが崩れるように笑うと、レスターに二の腕を掴まれた。ぐい、と引かれるままに彼に身を添わせる。強い力で腕の中に閉じ込められて、ほう、と息を吐いた。

ここが、自分の居場所だった。レスターの力は強く、すがるように寄る辺ない。

「愛している。愛してた。ずっと、君だけが、光だった。君だけが、世界だった」

耳元で囁くレスターの声は、かすかに震えている。

甘く心臓まで落ちてくる声に、頭が芯まで蕩けそうになる。

「私もです。私も、ずっと、ずっと、あの夏に住んでいました。そしてまた、ここにたどり着いた。もう二度と――ここから、どこへも帰りません」

シェリルは囁き、レスターのことを力の限り、抱き返した。

終章　昼と夜との狭間で

「レスターさま。ひょっとして、こちらにいらっしゃいますか？」

こんこん、とノックの音を立てて、銀髪おかっぱの少年が耳を澄ます。

ほどなくガチャリと木製の扉が開き、アリスがむすっとした顔を出した。

「いらっしゃいませんよ、こちらには。残念でした」

「ええ〜？　困ったな。ってことは、ふたりでどこかで仲良くしてるってことです？」

レスターの使用人、エドが困り顔で腕を組んだので、アリスは、少々意地悪く笑う。

「そういうことなんじゃありませんか？　にしても、あなたがレスターさまの居場所を見失うなんて。珍しいこともあったもんですね」

「なんだよ、僕の常闇の眷属としての力が弱ってるとでも言いたいの？」

唇を尖《とが》らせて言うエドに、アリスはくすりと噴き出した。

「そんなことは言ってませんけど、そうなんですか？　最近よく置いてきぼりにされてるから、可哀想だなって」

「うう～……。そうじゃないと思いたいんだけど、実際、ご夫婦で居られると、どこにいるか見えづらくなっちゃったんだよなあ……」

子供っぽく銀髪を引っかき回すエドの正体は、コリンズの一件以降うっすらと屋敷の面々に知られるようになった。レスターのことが好きで常闇に帰らない、おかしな眷属。

普通の貴族の屋敷なら、もちろんそんな存在は許されない。けれどここでは充分許される。主たる夫婦も光明神の星の力を宿しているという、不思議な屋敷なのだから。

「どこにいるかが見えづらいって、それもご夫婦の星の力に関わるんです？」

アリスは興味津々で聞き、エドはため息交じりに肩をすくめる。

「まあ、そうだと思うよ。あの谷から帰ってきてから、やけに強力になっちゃって」

「ふーむ、なるほど。私には神々の力のことはよくわかりませんが、おふたりでいるとなんとなく光り輝いているようには見えますよね、レスターさまとシェリルさま」

「そうなんだよなあ。仲いいのはいいことだけど、明日の結婚式の準備で聞きたいことがあってさあ。困ったな、また屋敷中探し回るのか……」

エドがぼやくとおり、本日はシェリルとレスターの結婚式前日だった。

それも、二度目の結婚式である。

一度目の結婚式からは一年ほど、コリンズの一件からも半年以上の時間が経った。

あの花畑から男爵家の屋敷を訪れたシェリルとレスターは、改めてシェリルの両親に挨拶をした。至らないところはあるがふたりで頑張っていくので応援してくれないか、というかなり今さらな話に、男爵と男爵夫人は呆気にとられていたらしい。

何しろ、噂の邪悪な公爵が世にも美しいうえ、少年のように素直だったので。

その際、男爵夫人から、落ち着いたらもう一度結婚式をしたらどうかという話が出たのだ。

コリンズの一件がある程度片付いたら、今度はきちんとお客を招いて式をする。

それはシェリルとレスターにとって、よい目標になったらしい。

（レスターさまの過去の所業については、そもそも根回しがお上手で、補償も裁判もあらかたどうにかなったし、コリンズさまの動きも独断だったうえ、調べも偏っていたと皇帝陛下からお叱りがあったようだし……レスターさまと皇帝陛下がめちゃくちゃ仲良し兄弟でよかったわ。シェリルさまも頑張られたし。貴族にしては、まっとうすぎるほどまっとうなご夫婦）

あの真面目さを見ていると、私的な生活が多少奔放でも仕方がないような気分になる。

コリンズ事件以降のふたりは新婚直後にも増して仲がよく、レスターの呪いはずいぶん軽減されたのだそうだ。

おかげで明日の結婚式は、多少はまともな時間――夕暮れ時の結婚式に執り行われる。

使用人たちは準備でてんてこ舞いだが、皆、表情は明るかった。

なにせ、主たる夫婦の機嫌が日々最高に麗しいので。

（……それにしてもこの子、よく働くわよね。眷属だかなんだか知らないけれど、とにかく真

面目で有能)

アリスはエドを見下ろして考え、シェリルの部屋の扉を大きく開ける。

「レスターさまに聞きたいことがあるなら、私がお答えします。結婚式に関するシェリルさまのご意見は全部聞いてありますし、レスターさまは奥方さまの意見にお任せですから」

「それはまあ、そうか。じゃあ、あなたに頼もうかなあ」

「あと、シェリルさまが私のために取ってきてくれたクッキーとお茶があるんですけど、一緒にどうです?」

エドは妙な顔でアリスを見上げたのち、はあ……と、深いため息を吐く。

「……常闇の眷属をお茶に誘うなんて、変なの。まあ、でも、この屋敷はどこからどこまでもおかしいから、これでいいのかもしれないね」

† † †

さて、そのころシェリルとレスターはというと、例の洞窟風呂にいた。

ぱしゃり、と温かな水音がして、シェリルはくるんとしたまつげを伏せる。

「あ、の……レスターさま」

「どうした、シェリル」

耳元で物憂げな声がして、シェリルは、んん、と小さくうめく。

「ここは、お風呂ですので……」

「そう、風呂だ」

「あんまり入っていると、のぼせますっ！」

耳まで真っ赤にして主張するシェリルは、洞窟岩風呂で湯に浸《つ》かっている。

背後にはレスターがおり、シェリルをふとももに乗せて両腕に抱き込んでいた。

『人工の岩肌でシェリルの肌が傷つくといけないから』というのが一応の建前なのだが、さっきからその手はシェリルの柔い体の輪郭を愛しげになぞってばかりだ。

体温は余計に上がるし、風呂から上がる機会は逃すし、シェリルは途方に暮れている。

そんな彼女のうなじに、レスターは自分の唇を押し当てた。

「……のぼせさせてはいけないな。明日は大事な式だ」

「ん、そんなの、最初から、わかっていらっしゃるはずなのに……んう！」

抗議を始めようとすると、湯に半ば浸かった胸をやわやわと揉み潰される。

びくん、と体が震え、湯に波が立った。

(だめ、いけない、こんなところで……)

早くこの腕から逃れなければ、と思うのに、弾力を確かめるように揉まれていると、それこそぬるま湯のような快感で頭がぼうっとしてきてしまう。

胸でそこまで感じる体質ではなかったものの、レスターにいじられるのは好きだった。

優しい触れ方は彼の愛を肌に染みこませるには充分だったし、これから始まる官能の宴の前触れともとれるから。

耳の後ろで、シェリルの大好きな声が響く。

「シェリル、腰が揺れている」

「それ、は、レスターさまが触るから……っ！」

抗議めいた口調で言いつつも、シェリルの顔は蕩け始めていた。

いつしか彼女の腿《もも》は、腰の下にある男の太腿《ふともも》をしっかりと挟み込んでいる。そうして腰を揺らすと、がっちりした筋肉質な体に潤み始めた秘花が擦れるのだ。

（……どうしよう、擦りたい、もっと）

無視できない快感が湧き上がり、シェリルは、はあはあと息を吐きながら下腹部に意識を集中させた。間違いなく気持ちいい、気持ちいいのだが、半端だ。湯の中では蜜もすぐに溶け出してしまい、決定的な刺激は得られない。

それでもどうにか、もっと気持ちよくなりたい、と体が訴え、頭の芯がくらくらした。

「――このくらいにしておくか」

「えっ……」

シェリルが物足りなさそうに顔を上げるやいなや、レスターの腕がシェリルを抱く。

両手で抱えられたまま岩風呂の外に出され、シェリルは慌てて彼の首にしがみついた。ひとつにまとめられたレスターの濡《ぬ》れ髪《がみ》から、ぽたぽたと水滴が落ちる。

険しい頬を伝う水が不思議と色っぽく見えて、シェリルはぼうっとしてしまった。

「……もう少しだけ、入っていてもよかったのに」

シェリルが本音を零すと、レスターは低く笑う。

「もう少し、もう少しと言って結局のぼせるやつだろう。さすがに俺も、この一年で君の扱いには詳しくなった」

「うう……。すみません、こらえ性のない妻で」

シェリルが真っ赤になってレスターの肩口に顔を埋めると、ちゅ、と音を立ててこめかみに口づけを落とされた。

「かわいいからかまわない。俺が気をつければいいことだ」

レスターは洞窟風呂の奥、柔らかな敷物の敷かれた一角にシェリルを下ろすと、絹のパイル織りで濡れた体を拭いてくれる。シェリルは慌てて彼の手からパイル織りを奪った。

「使用人のするようなことはなさらないで。私がしますから」

「それを言うなら君も公爵夫人だ。俺の体を拭く必要はないだろう」

「公爵閣下がするよりマシです、んっ！」

むっとしてレスターの体を拭いていると、足の間に男の足が割り込んでくる。

（あ……ダメ、また、我慢できなくなる）

どちらかというと丸っこい目を潤ませ、シェリルはそれでもムキになってレスターの体を拭いた。その間も、織物の陰でついつい体を男の足に沿わせてしまう。

「っ…………」

心ではわかっているのに、体は簡単に心を裏切る。風呂上がりでしっとりした男の太ももにシェリルの花が触れ、思わずため息が漏れた。

「──濡れている。湯か？」

揶揄するように言われたのは、秘花が蜜で潤んでいるのが伝わってしまったせいだろう。

「それ、はっ……、あ、ぅっ！」

真っ赤になって答える前に、レスターの大きな手がシェリルの尻を掴んだ。

そのまま力をこめて、ぐっと足に押しつけるように引き寄せられる。今度こそ、ずり、と秘花が擦れ、はっきりした刺激が這い上がってきた。

「ま、待って、ん、んぅ、あ……ダメ」

「何がダメだ？　ここからはどんどん蜜がこぼれてくるのに」

レスターは揶揄するように言い、なおもずりずりと秘花を嬲り続ける。

「だって、レスターさまがっ……、う、動かす、からっ」

一生懸命抗議してみても、すでにシェリルの声は甘く蕩けてしまっていた。

レスターは心地よい音を聞くように目を伏せて、少し膝をまげて自分の足の角度を変える。

彼の足はシェリルの蜜で濡れ、角度を変えたことで尖り始めた花芽にも刺激がいった。

「う、んんっ……！　そこ、いけませんっ、そん、な……」

びぐん、と体が前のめりになり、シェリルは震え声を絞り出す。

「せっかく拭いてもらったのに、また濡れてしまうな。君の蜜なら大歓迎だが」

「やっ、はずかしっ、い……！」

シェリルは羞恥に身じろぐが、尻を掴んだ両手が大きな動きを封じてしまう。無情にもシェリルの花は彼の足で擦られ続け、じゅ、ちゅく、ちゅ、という淫猥な水音が響き渡った。

その音はシェリルの脳をじわりと冒し、普段は奥底に押し込めてある声を引きずり出す。

もっと、もっとと強請《ねだ》る、あまい声。

「あ、もぉ……切なくなって、しまいます……っ！」

シェリルは小さく首を振り、必死にレスターにしがみつく。

「もっと、思い切りしてほしい？」

密《ひそ》やかな囁きは、ひどく悪い誘いだ。

だけどシェリルはとっくに、このひとの悪い誘いに乗るのが好きになってしまった。

「はい……して、ください」

赤く染まった唇をかすかに震わせて囁けば、レスターの黒い目が細められる。

シェリルを見る彼の目は、以前からは信じられないくらいに、熱い。

「本当に、君はかわいいひとだ。指の先から全部食べてしまいたい……」

こくり、とシェリルの喉が鳴る。彼の熱が、瞳から入ってきて、体全体を熱くする。

レスターは彼女を抱き直すと、人造洞窟の奥へと運んだ。

広く入り組んだ洞窟の奥には大きな寝台がもうけられていて、淡い光沢をまとったすべすべの敷布がかけられている。シェリルは壊れ物のようにそこへ下ろされたかと思うと、甘い口づけを落とされた。

「ん……ふ……」

押し入って来た舌を、今のシェリルはどう迎えたらいいのかわかっている。

愛しく互いの舌を絡め合い、感じるところへ導いてあげればいいのだ。

互いの呼吸を奪いあうように粘膜をすりあわせ、どちらからともなく唇が離れた隙に、かすかに笑いあう。そうしてすぐにまた触れあいたくなれば、口づけを続けたらいい。

互いの唾液が混じり合うと、互いの境界線が曖昧になる。

（あなたが、私で、私が、あなた）

考えるだけで脳が痺れる、それは呪文みたいな考えだった。

「……は……ずっとこうしていられるな……」

わずかに唇を離して、レスターが笑う。

シェリルも、嬉しそうに目を細めて笑った。

「私も……」

「そうやって全部許されてしまうと、君をめちゃくちゃにしてしまいそうだ」

「普段、していないとお思いですか？」

「思っていない」

即答されて、シェリルはころころと声を立てて笑う。

レスターもどこか少年じみた笑いを浮かべ、寝台脇の棚から青い花柄を描いた陶器の水差しを取った。何かしら、とシェリルが視線をやると、それはシェリルの上で傾けられる。

「ひゃ⁉　な、なに……？」

「香油だ。婚礼の前だから念入りに使えと、君の筆頭侍女に言いつかっている」

筆頭侍女というのは、出世したアリスの役職だった。

確かに彼女が用意しそうなものだけれど、高い位置から、とろ……と注がれる粘り気のある香油は、肌に触れるだけで少々怪しげな感覚を呼び覚ます。

シェリルはとっさに胸をかばうように両手を交差させた。

結果として、黄金色の香油は白い胸の谷間にとろとろと溜まっていく。

レスターはたっぷり香油を落としてしまうと容器を置いて、指先を香油の池に浸した。

「シェリル、そうしていたら、香油を塗り広げられない」

「う……はい」

おそるおそるシェリルが腕をずらすと、白い双丘がふるりとあらわになった。

レスターが色気のある笑みを浮かべ、香油に濡れた指をシェリルの胸に這わせていく。

「ん、あ、はぁ……んっ！　れ、レスターさま、そこっ……！」

「シェリルの胸の先。もう半分硬くなっている……愛らしくて、健気だ」

甘やかしの言葉と共に指の腹で、尖った場所の周辺、薄紅の縁をくるくると刺激する。

そうやって刺激されると、シェリルの胸のつぼみはあっという間に硬さを増した。

つん、と勃ったそこを、爪を短くした指先がカリカリと刺激する。

「ひぅ、んんっ、あっ、ひっかくの、響くっ」

「響く？　痺れる感じか？　痛くはない？」

「痛くない、です、きもち、い」

シェリルは小声で訴えながら、思わず目を閉じてしまった。

間近で胸をいじられているのを見ていると、すぐに何も考えられなくなってしまうから。

ところがレスターは、それが気に食わなかったのかもしれない。

すぐに胸にぎゅうっと強い刺激が走って、シェリルは、はひ、と息を詰めて目を瞠る。

「ちゃんと見ておいで、シェリル」

「あ、あ、レスター、さ、ま」

涙の膜が張ったせいでぼやけた視界で、レスターが自分を見下ろしている。

シェリルが夢中で何度かうなずくと、また彼の手が香油に濡れた胸をいじり始めた。

すっかり赤く凝ったつぼみを、左側だけきゅっとつまんでぐりぐりと揉むように刺激される。

香油で滑りがよくなったせいか、少し強く触られても痛みはまったく感じない。

代わりに胸を覆った痺れのようなものが、容赦なく強くなっていく。

「ん、んっ、んぁっ……！」

「声を堪えないで」

「で、もっ」

（刺激が、強すぎる……！）

レスターの指から注がれる刺激があんまりに膨らんできすぎて、段々怖くなってきてしまう。

最初は胸なんかそこまで感じなかったのに、今は感覚の固まりだ。あとから、あとから逃げ場のない快感が染み入ってきて、下腹部が酷く熱い。

（胸だけで、おかしくなってしまいそう）

すっかり蜜を吐くのに慣れてしまった蜜壺が、こぷり、とまた蜜を漏らしたのがわかる。

足をすりあわせようにも、その足も痺れていてどうしようもない。

「あ、はっ……ぁ……」

あえぐ口の端からとろんと唾液が零れ、それをすぐに舐め取られてしまう。

それすら感じて、びくりと震えた、次の瞬間、右の胸のつぼみも指先で軽く摘まれる。

「ふっ……!? あ、そん、なっ、なん、で……」

「なぜ? 両方触ってやらないと、不公平だから」

少々意地悪な笑い含みで言われ、今度は左右のつぼみを根元から擦りあげるようにされた。

片方だけに偏っていた刺激が一気に倍増し、目の前にぱしっ、ぱしっと火花が散る。

もう我慢なんかできなくて、シェリルは腰を浮かして甘い悲鳴をあげた。

「い、や、ぁっ、あん、もぉ、それ、ゆるし、て、くださいっ……」

「こういうときは、嫌、でいいのか?」

戯れに責めるような声、レスターのそれはシェリルの頭をどろどろにする。

「だ、っ、てぇっ……!」

どろどろになったシェリルは酷いことを言われても、少し痛いことをされても、レスターのすることならなんでも受け入れて悦ぶだけの存在になってしまう。

もう、すぐにもそうなる未来が見えて、シェリルはぞくぞくした。

「あまりわからないことを言うと、こちらにも同じことをするよ」

レスターが声を低くして言い、膝をシェリルの足の間にねじ入れる。

自前の蜜でしとどに濡れた花、その端でつんと凝った花芽のあたりを押され、シェリルは息を呑んだ。ここにも香油を注がれて同じようにいじられたら、もう正気ではいられない。

「ひっ！　や、あ、おかしくなるッ……！　き、きもち、いい……よすぎる、からっ！」

「そうだな。きもちいい、だ。きもちいいときは、きちんとそう言いなさい」

形ばかり優しい言い方をされて、また両胸のつぼみを執拗に擦りあげられる。

ちゅくちゅくと香油が淫猥な音を立て、シェリルは涙目で自分の胸を見つめた。真っ赤なそこが大好きなレスターの指に挟まれて、いやらしい動きで快感を与えられている。

ぴりぴりと快感が入って来て、背筋のほうまで痺れ始める。

「いいっ……、そこ、でっ、達してしまうから……っ、もっ、ゆるしてくだ、さいっ！」

必死にそれだけ叫ぶと、レスターは柔らかな声を出した。

「いいよ、達してしまえ」

同時にぎゅっ、とつぼみを押しつぶしながら、強く胸を引っ張られる。

途端に信じられないような刺激が、ずん、と脳天から腰までを貫いた。

「いっ……あ、あっ……………！」

思わずのけぞり、真っ赤な舌を痙攣させる。

目の前が弾けたみたいに白くなる感覚——達したのだ、と頭のどこかは理解している。

「……シェリル。シェリル？」

「っ、ぁ……、は、い」

まだ少しぼうっとしたまま、声のほうにのろりと視線をやる。

労《いたわ》りの手が髪を撫で、頬を撫でてくれる。肌の表面がまだ少しだけぴりついていて、そんな刺激すらも直接的な快感に変わってしまいそう。

綱渡りみたいなどきどきを感じながら、シェリルはうっすらと笑う。

こちらをのぞきこんだレスターも、笑っていたので。

「よく頑張った。ここだけで達することができたな」

額に、鼻先に、頬に、労りの口づけをもらいながら褒められると、それだけで心が気持ちよくてぞくぞくしてしまう。見ると、さっきまで虐められていた胸のつぼみはまだ真っ赤だ。

レスターは白い胸を持ち上げるようにして香油の残りをすりこみながら言う。

「しかし、こうなってしまうと、明日に少し差し障るか」

「う……？　治りません、か？」

「どうだろう。清楚なドレスの下にこれが隠れているのも素敵だ。擦れて、少しおかしな気分になるかもしれないが」

くすくすと愛しげに笑う声、ああ、もう、何を言われているのか、わからない。

嘘、本当はわかっている。酷いからかいを受けている、でも、それでいい。もうとっくに頭が蕩けてしまっているから。

明日、火照った体に婚礼衣装を身につけて、いかにも平気そうな顔で賓客の目の前に居る自分――そんな姿を想像しても、胸がどうしようもなく甘くなるだけなのだから。

「やはり下もかわいがってあげよう、こんなに濡れて、香油はいらないだろう」

レスターは思いついたように言い、今度はシェリルの足の間に顔を埋めた。

舌でべろりと花芽を押しつぶされて、反射的に喉の奥から嬌声が飛び出す。

「あうっ‼　っ、ぁ、やぁ、っ、あぁぁっ……‼」

奥ゆかしく包まれた花芽を、強く吸い出されるような動きを繰り返される。

じゅっ、じゅっと吸われるたび、強烈な快感が叩きつけられた。

「ひっ……、っ、あああぁっ……‼　んんん……っ！」

あっという間に快感はシェリルの許容量を超え、本能的な怖さが頭のどこかで点滅する。

反射的に腰を浮かして逃げようとしたが、レスターはシェリルの太ももを抱えるようにして固定してしまっていた。

（逃げられ、ない）

甘美な絶望で目の前が薄暗くなる。無力なシェリルは、丸めたつま先で敷布をひっかくことしかできなかった。そんなものでは快感を逃がす役には立たない。

「ッ……あっ、ん、ふぅっ！　ま、まっ、て、えっ、く、るっ……‼」

ろくな抵抗もできないまま、シェリルは快楽の頂点に押し上げられて全身を震わせた。

弓なりに背を反らせたまま荒い息を吐き、快感が抜けていくのを待つ。

「ここでもずいぶん深く達せるようになった……覚えのいい体だ」

永遠かとも思える時の間に、レスターがシェリルの白い腹へ唇を落とす。

「……ぁ、うっ……」

ちょうどその下にさんざん溜まった快感が渦巻いていたので、シェリルはそれだけでぴくりと腰を浮かせてしまった。

「次はここをかわいがってあげよう。わかるか？　ここ」

言葉と共に、揃えられた二本の指が香油を塗り広げられた腹の上を、ぐっ、と押す。

途端に、ずぅん、という重い快感がそこを襲い、シェリルは息を詰めた。

「んっ……！　な、な、に？　なに、そこ……」

「君の腹の底だ。外から触っても気持ちがいいだろう。ここを、今日は中からたっぷりかわいがる。……欲しいか？」

焦らすように聞かれると、シェリルの下腹部は期待でますます熱くなった。

これまで触られていない体の中を、やっと触ってもらえるのだ。

そう思うと腹の奥がむずむずしてきて、そのむずむずに一刻も早く触ってほしくなってしまった。焦燥感と期待に背中を押されて、シェリルは自分の太ももに指をかける。

「ほしい、です。レスターさま、が」

震える声で囁き、そっと自分の両のふとももを腹につけるよう抱え上げた。

あらわになった秘花からまたも蜜が湧き上がるのを感じる。酷くはしたないことなのに、レスターの欲に濡れた目に優しく見つめられると、これでいいのだ、と思ってしまう。

「かわいらしい……俺を欲してこんなに濡れて。本当なら、すぐにも奥まで貫いてたくさん突いてやりたい」

「そうして、ください、おねがい、そうして……」

「さっき言っただろう、今日は腹の底をかわいがる、と。そんなところを激しく突いたら、痛みを感じてしまう。――もっと、優しくする」

レスターは言い、シェリルが抱えていた足を自分で支えた。

くちゅり、と、男の先端がシェリルの秘花をかき分け、濡れた秘唇に触れる。

すっかり男を迎える準備ができたそこは、触れられただけでちゅぷ、と先端をくわえこんだ。

ぞわわ、と背筋に快感の予感のようなものが走り、シェリルはうめく。

「んん、ぁ、入れて、入れて、くださっ……い」

「もう少し待て」

「や、待てない、入れてぇ……！」

シェリルの腰は揺れ、レスターを受け入れようと必死になった。

からかうような低い笑いが落ちてきて、ぐぐ、と、少しばかり体が進められる。

「うっ、あ！」

「少しだけ入ったな。先の、半分」

「やぁ、そんなの、やっ……ぁ！」

ちょうど一番張り出した部分を秘唇にはめられてしまい、シェリルは悲鳴のような声をあげる。濡れそぼった蜜洞は、すでに挿入を予感してきゅうきゅうと収縮を繰り返している。なのに入り口を広げられただけでは、むなしさが倍増するばかりだ。

シェリルの指は自然とむなしさを感じている腹に乗り、さっきレスターが押した場所を探り当てて、ぎゅ、と押し込んだ。

「ふぁ……きもち、い……」

途端にじぃん……と快感が突き通り、小さく全身を震わせる。

それを見ていたレスターは、口元に浮かべていた余裕の笑みをかすかに凍らせた。

「本当に……君は、怖いな」

「こわ……？　な、に？　ひ、っ……！　あ、んんんっ……！」

問いの返事は、男の長大なものが体内を擦る感触だった。待ち望んでいたもの、シェリルを割り広げて蹂躙する熱杭が、じわじわと、しかし確実に体に沈んでくる。

すっかりと甘美な蜜壺に仕立てられたそこが、レスター自身でこじ開けられる。

「ぁー……、うれし、そこ……っ、ほしかった……っ」

「は、すごいうねりだ……思い切り、俺を、抱きしめてくる」

熱い吐息交じりに囁かれ、いつまでも、いつまでも緩慢な挿入が続く。

一体どこまで、とぼんやり思ったとき、ようやくシェリルの腹の底で、じゅっ、というような、卑猥《ひわい》な音が立った。同時にじわりと重い感覚が腹に広がる。

「──ここが、腹の底、だ」

レスターは言い、うつむいて深いため息を吐いた。

その息が、とぐろを巻いた黒い髪が、シェリルの胸元をくすぐる。

（このひとが、側にいる。私の中に）

それがなんだか嬉しくて、シェリルはのろのろとレスターに手を伸ばした。

彼の首に腕を回した、そのとき、ぐぐっ、と押し込まれたレスター自身に力がこもる。

ぐぷ、ぐちゅ、と、濡れた口づけのような音が、腹の底から響いてくる。

「あっ……⁉　あ……ふ、か、いっ……」

「一番奥だからな……奥が、俺に口づけしている……わかるか？」

「ん、んぅ、な、に、これ……っ、あ、あ、な、にか、きちゃ……うっ」

ちゅ、ぐちゅ、と一番奥を圧迫され続けていると、溜まりきった重い感覚が急激に快感に変換され始める。ぶるぶるっと腹の底が震えた気がして、シェリルは息を詰めた。

「…………っ‼」

「ああ……上手だ、もうイけたな」

レスターが何か言っている、でも、もう、それがなんなのかもわからない。

とにかく気持ちがよくて、お腹の底から湧き出た快感が体を全部溶かして攫ってしまって、シェリルはかすんだ視界の中で翻弄され続ける。

「や、ぁ…………‼　ふ、ぁ、ああっ……！」

この、はしたない声は自分の声？　それすらよくわからない。

「シェリル？　っ、あ……ずっと達したままか？　腹まで震えが来ている」

お腹撫でるの、それも気持ちいい、ずっとずっと、甘くてどろのしあわせな世界にいる。しりりりんと、星が砕けたときみたいな音がして、目の前でいっぱい火花が散る。なんて、きれい。今、目の前にはきれいなものしかない。きらきらした星と、レスターと。

「この感覚を覚えておきなさい。さあ、もう一度達して」

切羽詰まった声で言って、またぐちゃり、と奥にレスター自身で口づけてくれる。それをされるとまた、いっぱい火花が散った。体が温かくなって、ものすごくしあわせな気分になって、なんだか笑い出したいくらい。

（もう、ずっと、ずっとこの温かさの中に、いられたらいいのに）

今まで経験したことのない長い絶頂の中で、シェリルは感覚だけに翻弄されていた。

腹の底はもはや彼女の意思とは関係なくちゅっちゅとレスターの先端に吸い付き、濡れた肉洞も彼の幹を絞り上げるように動き続ける。押し込むだけの小さな動きでもレスターのこめかみには汗が浮き、唇には切羽つまった笑みが浮かんだ。

「は……本当に、搾り取られそうだ」

「れ、すた……」

「どうした？　すっかりかわいくなってしまって」

舌っ足らずな、言葉しか出てこなくなったシェリルに、レスターが手を伸ばしてくれる。敷布の上で指が組み合わせられたのを感じ、シェリルは痺れきった舌を無理矢理動かした。

「ほし……」

「なに？　もう少しがんばらないと、わからない……ほら、がんばれ」

元気づけるように言いながら、腰を回すように動かされる。その動きで奥以外の感じるところをぐりんとこそげられ、シェリルは何度目かもわからない、ゆるい絶頂に達した。

「ふぁ、あ……っ、ん……もっ、と……」

「もっと？　まだ足りない？」

問われて、シェリルは浅く何度か頷いた。

「もっと、つよいの……ほ、しい、です……」

「……困ったな……」

崩れるように笑って、レスターが囁く。そういうときのレスターには昔の面影が蘇るから、シェリルはいつもどきりとしてしまう。

朦朧としながらその顔に見とれていると、レスターが続けた。

「君は、俺に、何でも許してしまう」

それはものすごくしあわせで、ほんの少し、怖いことだ。

——そんなレスターの声が、シェリルには聞こえた気がした。

どろんと蕩けていた心が、不意に引きずり上げられる。

ぼやけた視界に目をこらし、シェリルは力の入らない指で懸命にレスターの首にすがりながら、囁いた。

「ゆるして、ないわ」

「そうなのか?」

穏やかな裏に、苦いものを含んだレスターの声。

彼はいつもそうだ。シェリルは彼のすべてを愛したいし、助けたいと思う。

それでも彼はまだ、それを信じられない。自分の痛みを抱えてうずくまってしまう。

だから、シェリルは言う。

「ゆるしてない……ただ、私が欲しがってる、だけ」

かすれきった囁き。届けたい思い。

シェリルは、レスターを裁いたり、許したりはしない。

ただ、ずっとほしいだけだ。最初に出会ったときから、今まで、ずっと。

「シェリル」

囁き返すレスターの目の奥が、静かに輝く。

真っ黒な目に映る輝きは、まるで夜空の星のよう。実際、それは星の輝きなのかもしれなかった。あの遠い夜にレスターに届いた星の光が、彼の中でそっと呼吸をしているのかも。

その星空がゆらり、と揺れて、レスターは目を細めた。

「それだ。それが唯一、俺を許す方法なんだ」

「れすたー……？」

どういう意味、と聞き返す前に、レスターの目がぎらりとした欲の光を取り戻す。

「欲しがっているなら、いくらでもやろう。覚悟しろ、シェリル」

「覚悟、って、ひゃ、ぁっ！」

ずるるる、と、一番奥まではまり込んでいたものがぎりぎりまで抜かれていく。

完全に抜けきるか、と思ったところで、一息に奥まで突き通された。

「あぁっ……！　ん、んん……っ！　ふか、あっ、ふかいっ」

「全部やる、シェリル……君に、なにもかもだ……！」

言葉通り、形よいレスター自身はシェリルの中全部をこそげるように、入り口から最奥までを激しく抜き差しする。まるで自分の体がレスターの熱杭のためにあつらえられたもののように思え、シェリルは嵐のような官能に放り出された。

何もかもが快感に繋がり、腹の底で感覚の小爆発が起こる。ともすれば振り切られてしまいそうな意識をつなぎ止めるために、シェリルは必死に愛しいひとの名を呼んだ。

「レスター……さま、レスター……！」

「ここだ、シェリル……っ！」

呼べば、答える声があった。それがあまりにも嬉しくて、ほろり、と涙が零れる。

自分は生まれて初めて感じるような、すさまじい嵐の中にいる。

多分、これからの人生もそうなのかもしれない。

いくつもの苦難を越えた気がするけれど、まだまだ、道半ばなのかもしれない。

それでも、これからの人生には、呼べば答えてくれるひとがいる。

嬉しくて、どうしようもなく胸が温かくなる。そこに自分の心があるとわかる。

レスターを愛している心があると、わかる。だから、心が叫ぶとおりに、自分も叫ぶ。

「レスター……愛して、います、あなたが、すき……！」

「シェリル……」

唇が重なり、腹の奥がひときわ熱くなった。ぶわっと体温が上がり、世界の音が遠くなる。

真っ白な美しい世界の中で、腹の中がわずかに濡れたような感覚があった。

唇を重ねながら、ふたり、同時に果てたのだ。

どうしようもなくしあわせで、目の端からほろほろと涙が零れていく。

口づけは長く、暴力的な快感が抜けて、世界がゆるゆる色を取り戻したころに、やっと終わった。レスターの濡れた唇が離れていき、どこか泣きそうな声がする。

「困った……やはり、君を閉じ込めてしまいたいような気がする」

シェリルは薄らと微笑み、そんなレスターを見上げた。

男の指が、汗で張り付いたシェリルの髪を幾筋か剥がして、整えてくれる。

「ふたりだけの世界にもっとずっといたい」

哀願するような甘い声に、シェリルは小さく笑った。

レスター、愛しいレスター。誰よりも大事なレスター。

(大丈夫。離れようとしても、できやしない。私たちは同じ星を持っているのだもの)

私たちは、ずっと一緒。ずっとずっと、ふたりだけの世界に住んでいる。

ふたりだけの世界で、ふたりだけで手を繋いで、そこから、この世にあるたくさんのものを見て、触れるのだ。

シェリルは頬に触れてきたレスターの手に、自分の手を重ねる。

長く抱き合ううちになじみきった体温を感じながら、シェリルは囁く。

「ふたりで、いましょう。これからは、きっと、もっと、世界がきれいに見えます。私たち、もう、二度とひとりにはもどらないから」

あとがき

蜜猫文庫さんでは初めましてになります、愛染乃唯《あいぜんのい》です。

この原稿を書いている二〇二四年の夏はあんまりにも暑く、できることなら年に一回行きたい夏の海も行かずに引きこもって過ごしてしまいました。

そんな夏に書いたせいか、このお話の舞台は大分冷涼な地方になっている気がします。夏の屋外で花を摘んでいても汗なんか出ないんでしょうし、公爵領には登山で有名な山があって……スイスとドイツとか、フランスとかの国境周辺のイメージです。本が出るのは秋ですが、読んでくださる皆様にも澄んだ山岳地方の空気をお届けできたら幸いです。

さて、今回もこの本の出版にあたり、たくさんの方々のお力をお借りしております。

みずきひわさんの描かれる無垢なシェリルと懐いた狼みたいなレスター、何度見てもため息が出るくらいに素敵で、無限に見返しております！　本当にありがとうございました。

未熟者なりに今後も書き続けていけたらなと思っていますので、もしまた見かけたら、ページをめくってみてやってくださいませ。

愛染乃唯

Mitsuneko Label

蜜猫文庫をお買い上げいただきありがとうございます。
この作品を読んでのご意見・ご感想をお聞かせください。
あて先は下記の通りです。

〒102-0075 東京都千代田区三番町8番地1三番町東急ビル6F
(株)竹書房　蜜猫文庫編集部
愛染乃唯先生 / みずきひわ先生

九十九回婚約破棄された令嬢ですが、呪われ公爵様に溺愛されることになりました!?

2024年10月30日　初版第1刷発行

著　者　愛染乃唯
発行所　株式会社竹書房
〒102-0075
東京都千代田区三番町8番地1三番町東急ビル6F
email : info@takeshobo.co.jp
https://www.takeshobo.co.jp
デザイン　antenna
印刷所　中央精版印刷株式会社